KB129532

그 변기의 역학

그 변기의 역학

TURN 03 ▶

설재인 장편소설

차례

1

전화가 걸려 왔을 때 아정은 대형마트에서 장을 보던 중이었다. 유통기한 임박 코너에 딱 한 봉지 남은 김치를 손에 쥐려는데 누군가 멀리서 질주해 와서는 홀라당 낚아챈 직후였다. 아정은 텅 빈 코너를 바라보며 손가락만 빨다가 새 김치들이 가득한 매대로 이동했다. 도대체, 김치가 어떻게 이렇게 비쌀 수 있는 거지. 이만 원에 육박하는 김치 봉지들을 보며 한숨을 푹푹 내쉬고는 개중 가장 저렴한 배추김치를 바구니에 담았다.

사실 아정은 김치 없이도 밥을 잘 먹었다. 문제는 아정이 '제대로' 살고 있는지를 의심하는 가족들이 시도 때도 없이 자취방에 쳐들어온다는 점이었다. 아빠, 엄마, 동생. 가족들은 예고도 없이 서울이라며 전화를 걸고 집에 침입해서는 냉장고를 보며 혀를 끌끌 찼다. 그런 꾸짖음을 구성하는 주성분이 '걱정'이었다면 아정도 이렇게까지 기분이 나쁘진 않았을 것이다. 그러나 실은 힐난이 전부라고 아정은 생각했다. 아정을 찍어 누르면서 스트레스를 해소하는 측면이 가족들에게는 분명히 있었다. 나이 마흔이 다 되어서도 제 앞가림 못하는 첫째 딸. 가족들은 불가사의하고도 성가신 불운이 닥칠 때마다 아정에게 책임을 묻곤 했다.

그날 아침도 마찬가지였다. 당일 저녁, 급작스레 가족들이 방문할 거란 연락을 받고 역정을 내는 아정에게 돌아온 반응은 '왜, 약속 있니? 남자 생겼니?'였다. 됐다, 됐어. 물러난 아정은 긴급하게 가족들이 말하는, 이른바 사람 사는 꼴처럼 보이는 집구석을 만들기 위해 마트에 들렀다.

김치, 쌀, 세 팩에 만 원짜리 반찬과 쓰지 않고 버려질 양념들. 잔소리를 듣지 않기 위해 헛된 돈을 쓰며 계산기 앱을 두드리던 아정이 우뚝 멈춰 선 것은 모르는 번호로 전화가 걸려 왔기 때문이었다.

"성아정 님 되시나요?"

"……그런데요?"

"안녕하세요, 국민거주지원센터 강서본부인데요."

"……네?"

"저희 청년주택지원사업 예비번호 받으셨었죠?"

"……예, 그런데요."

탈락이나 다름없는 번호였죠. 아정은 속으로 한 문장을 덧붙였다. 그러나 전화기 속 목소리는 말했다.

"앞자리 분들이 빠져서 성아정 님에게 순번이 돌아왔는데 입주 의사가 있으신지 해서요."

아정은 눈앞을 바라보았다. 방금 전에 계산기 앱을 통해 보았던 숫자가 무엇이었는지 기억해내려 애썼지만 떠오르지 않았다. 계산대 옆에 늘어서 있기 마련인 초콜릿과 껌, 젤리 들이 눈에 들어왔다. 단 한 번도 눈길을 준 적이 없는 것들로 자신도 모르게 손을 뻗었다. 초콜릿 몇 개를 바구니에 넣었다. 그러면서 수화기에 대고 거짓말을 했다.

"제가 지금 화장실이라, 이 번호로 다시 전화드려도 될까요?"

보이스피싱이 틀림없다고 생각했기 때문이었다.

전례 없는 대규모로 이루어진 청년전세임대지원사업의 골자는 인간적인 주거환경으로, 이전의 사업에서 지적되었던 지나치게 좁은 면적이나 너무 빡빡

한 지원 기준 따위를 완화한 것이었다. 세대 소득이 중위 100퍼센트 이하이며, 구성원 전부가 만 40세 미만이어야 한다는 정도가 기준의 전부였다. 센터에서 전세로 임차한 주택을 다시 청년들에게 공급하는 방식이었고, 대부분의 공급 주택은 투룸이었으며, 입주자가 납부할 임차료는 인근 유사한 방의 절반도 안 되는 수준이었다.

물론 공급량이 터무니없이 적었다. 경쟁률은 천문학적이었고 사람들은 복권 당첨보다 어렵겠다는 농을 했다. 추첨 과정을 공개하지 않는다는 방침에 결국 되는 놈들은 정해져 있겠지, 하는 말도 돌았다.

아정은 사업에 지원 가능한 연령의 마지노선을 달리고 있었다. 만 39세. '내년부터는 청년도 아니구나……'라고 한탄하며 지원서를 작성하고 필요 서류를 뗐다. 물론 몸은 이미 오래전부터 청년이 아니었다. 무릎이 쑤시고 어깨와 손목이 몹시 아프고 혈압과 혈당도 좋지 않았다. 이전 애인으로부터 얻은 질염과 방광염은 나을 생각을 않았고 실금을 할 때도…… 아주 가끔은, 분명 있었다. 그러나 국가로부터 더는 지원해줄 마음이 없으니 알아서 살라는 말을 직접적으로 듣는 것은 차원이 다른 일이었다.

당첨 발표는 반년도 전에 이미 끝났다. 예상했던 대로 아정은 가능성 없는 예비번호를 받았다. 물론 예상했다고 해서 실망하지 않은 것은 아니었으나…… 그런데 내 차례가 왔다고?

보이스피싱이 아니었다. 전화상의 직원이 시키는 대로 아정은 서울시 한복판에 있는 센터에 찾아갔고, 신분증을 확인한 직원은 아정이 입주할 수 있는 주택을 일러주었으며, 놀랍게도 그곳은 한강 다리 밑이나 북한산 꼭대기가 아니라 서울 변두리의 잘 포장된 평지에 멀쩡히 서 있는 5층짜리 신축 빌라였다. 거주 가능 기간 최장 10년, 보증금 육천에 월세 육만 원. 전셋값이 삼억을 넘는 인근 투룸의 시세를 확인하며 아정은 비로소 자신이 얼마나 대단한 행운에 얻어걸렸는지 깨달았다.

처음이었다. 자신이 기억하는 한. 세상이 아정을 이토록 사랑으로 품어준 것은.

프리랜서인 아정은 대출을 쉽게 받을 수 없었다. 가지고 있는 모든 예금을 해지한 돈에 지금 사는 원룸의 보증금을 더했더니 딱 육천만 원이 나왔다. 그걸 제하자 가용 현금은 오백만 원이 채 되지 않았다. 그래도 괜찮아. 아정은 생각했다. 월세가 육만 원이잖아. 거의 없다고 봐야지. 그리고 여기서, 저기서, 요기서 받아야 하는데 아직 입금 안 된 돈이…… 도합 사백만 원이나 되는걸. 그러니 나한테 거의 천만 원이 있는 셈이지. 그 정도면 충분해.

아정은 집을 보고 나서야 가족들에게 당첨 사실을 알렸다. 부모는 대뜸 물었다. 그런데 너 육천만 원이 있긴 하니? 그 말에 아정은 당연하지, 하고 발끈하며 속으로 결심했다. 아무리 힘들어도 절대 부모에게 손 벌리지 않으리라. 동생은 꺅, 하고 비명을 지르더니 외쳤다. 언니, 대박! 투룸이라고? 성공했네? 그러더니 덧붙였다. 이번 집에 넣을 가구 살 때 꼭 나 불러, 알았지? 집 함부로 아무렇게나 꾸미는 거 아니야. 잘못하면 오던 기운도 달아난다고!

그럴 생각이 없던 아정은 엉겁결에 고개를 끄덕였다. 가족 앞에서는 언제나 돈 걱정은 딱히 없는 척해 왔기에 가구 살 여유를 내기 힘들단 이야기는 할 수 없었다.

2

처음 그 일이 일어난 것은 집들이를 마친 가족이 돌아간 지 사흘째 되는 날이었다.

집들이는 힘겨웠다. 아정의 가족은 혈연관계라는 점 외엔 서로 그 어떤 관심사도 가치관도 공유하지 않았다. 어린이집에서 흔히 볼 수 있는 집단적 독백, 번갈아 자기 말만 하는 기묘한 광경. 그게 가족들의 대화였고 당연히 서로에게 귀를 기울이지 않았기에 모든 이가 점점 목소리를 높였다. 제발 조용히 좀 말하면 안 될까, 여기 방음이 잘 안 된단 말이야. 아정이 말하자 아빠는 이딴 방음 안 되는 집을 가지고 지원사업이라 벌인 거냐며 자신이 뽑지 않은 정부를 향해 더욱 목청을 틔워 욕을 퍼붓기 시작했고, 엄마는 자기 친구의 옆집 사촌의 딸내미가 층간 소음에 대한 보복으로 어떤 짓을 벌였는지 장황한 설명을 주워섬겼으며 동생은 말했다. 언니 근데 그게 문제가 아니고 누가 여기 드라이플라워 놓으래. 집에 죽은 식물 놓는 거 아니야. 이거 당장 치워, 당장.

그리고 동생의 남편은 신물이 나는 표정으로 가만히 그 광경을 보고 있다가 말했다.

"그래도 처형이 성공했네. 서울에서 투룸으로 이사하다니. 성공했어요, 처형. 부자네, 부자. 멋지다. 심지어 빌라 이름도 머니빌이잖아."

그러자 집단적 독백이 멎었다. 그래, 맞아. 부자 됐어, 부자 됐지. 모두가 박수를 짤깍짤깍 쳤다. 엄마는 외쳤다. 이제 더 부자 돼야지! 아빠는 말했다. 잘될 줄 알았다! 그리고 동생은 박수 치던 손으로 드라이플라워를 가져다가 쓰레기통에 쑤셔 넣고는 다시 환호성을 질렀다.

부자, 부자!

아정은 얼떨떨한 표정으로 사람들, 그러니까 가족이란 단어로 표현하기엔 너무나 낯선 모양으로 소리지르는 사람들을 바라보았다. 나를 놀리는 건가? 아정은 생각했다. 나는 부자가 된 것도 성공한 것도 아니고…… 그저 엄청난 우주의 기운을 받아 당첨되었을 뿐이며 당첨되지 않았다면 내 벌이로 이 정도의 집을 가질 수 없었을 게 뻔한데 부자라니, 성공했다니……. 어떤 사고를 거치면 저런 결론이 나오는 걸까.

그때 동생이 대뜸 아정에게 물었다.

"그럼 여기 머니빌엔 다, 그 사업 당첨된 사람들만 사는 거야? 만 39세 이하?"

'중위소득 100퍼센트 미만?'이란 대사는 묵음으로 처리되었겠지. 아정은 지레짐작하고서는 응, 하고 대답했다.

"대박. 좋은 기운이 넘치는 집이네. 그리고 젊은 애들끼리만 사니까 그것도 좀 안심이다. 알잖아, 언니랑 나랑 원룸에서 살 때……."

기억하지. 아정은 고개를 끄덕였다. 당시 자매의 방 맞은편에는 팬티 바람으로 매일 현관문을 열어젖히는 독거 노인이 살고 있었고 노인은 자주 답답해서 미치겠다며 고함을 지르곤 했다. 동생이 갓 상경했을 때의 거처로, 아정으로서는 처음 얻은 욕실 있는 방이었다. 아정은 노인의 알몸과 얼굴을 보고 목소리를 들을 때마다 그의 외양과 행동이 묘하게 자신의 아빠와 닮았다는 공포에 휩싸이곤 했었다. 그로부터 10년이 지난 지금, 아정의 아빠는 그 시절의 그 노인과 쌍둥

이처럼 보였다.

그때 아빠가 아정의 마음이 철렁 내려앉을 법한 말을 뱉었다.

“여기가 우리 집보다 훨씬 좋은데, 너는 어차피 밥 한 끼도 제대로 해 먹을 줄 모르니까 그냥 나랑 네 엄마랑 서울 올라와서 여기 같이 살면…… 그럼 어떠냐, 좋지 않겠냐?”

아정은 못을 박았다.

“이 집엔 나 말고는 살 수 없어.”

다행히도 명분은 확실했다.

“계약할 때 각서 쓰고 들어왔거든.”

동생 부부는 늦은 밤 집으로 향했고 아정의 부모는 집에서 하룻밤을 묵었다. 아빠는 침실의 매트리스에서, 아정과 엄마는 거실의 러그 위에 깐 전기요에서 잠을 청했다. 아빠는 다리가 가렵고 따가워 피가 난다고 우는소리를 하며 모녀를 다섯 번 깨웠다. 그럴 때마다 아정은 자기 손으로 보디로션 한 번 바르는 법이 없는 일흔 살의 노인에 대해 생각했다.

어떻게 사람을 때리는 법만 골라 배웠을까.

내일 무조건 나가라고 해야지, 각서 핑계를 대면서. 아정은 꾸역꾸역 결심했다. 정말 다행이지 뭐야, 그런 조항이 있단 게. 안 그랬으면 둘 다 이 집에서 살겠다고 행패를 부렸을지도 몰라.

그리고 아정은 부모가 도착했을 때부터 오래된 봉고차를 타고 집을 향해 남쪽으로 출발할 때까지 단 한 덩이의 똥도 싸지 못했다. 그러나 우습게도, 차의 꽁무니가 시야에서 사라지자마자 명치부터 단전까지가 모조리 뒤틀렸고 뒤뚱거리며 집에 도착해 변기에 앉은 순간 식은땀이 줄줄 흐를 정도로 큰 변이 쉴 새 없이 나왔다. 새집의 새 화장실에 냄새가 배지 않도록 수차례 레버를 내리며 아정은 본가에서 부모와 같이 살 때를 생각했다. 그 시절 아정은 초록 불이 깜박여도 뛰지 못했다. 일주일에 한 번도 변을 보지 못했기 때문이었다. 다섯 발자국만 뛰어도 냄새 지독한 방귀가 항문에서 새어 나왔다. 독립 후에는 변비로 고생한 일이 없었다. 지금처럼 부모가 잠시 들른 날들을 제외한다면.

○

각서는 이사 전 센터에서 계약서와 함께 작성한 것으로 센터의 지정 양식이었다.

'신청서 작성 시 기입한 세대 구성원 외의 타인을 거주시키지 않을 것이며, 세대 구성원이 변동될 경우 센터에 바로 신고합니다. 구성원 변동 시 세대 소득을 다시 산정합니다. 세대 소득이 해당 정책의 기준을 충족하지 못하거나 위반 사실이 적발될 경우 한 달 안에 퇴거할 것을 서약합니다. 거부 시 센터에서 강제 퇴거를 진행함에 동의합니다.'

"청년층 대상 주택지원사업에서 위반 사례가 자주 나오는 조항이니까 특히 꼼꼼히 확인해주시고요."

직원의 말에 빠르게 줄글을 훑은 아정은 위반 사례가 어떻게 나오나요, 하고 물었다. 언뜻 봐서는 너무나 당연해서 신경 쓸 이유가 없어 보였기 때문이었다.

"말씀하신 대로가 맞아요. 너무 당연한 조항이죠. 그런데 살아보시면 알 거예요. 세상에 뻔뻔한 사람들이 많잖아요. 궁금하시면 검색 한번 해보세요. 혹시 목격하시거든 꼭 신고해주시고요. 신고한다고 남한테 피해 입히는 게 아니에요. 정당한 사회 만드는 거거든요. 다들 원칙 지키면서 사는데 누구 하나가 안 지키면요, 그러면 결국 복지고 뭐고 다 무너져서 모두가 손해를 봐요."

"위반 사례가 많나요?"

"아무래도요. 기사 찾아보시면 나온다니까요. 어쨌든 신경 써주세요."

계약을 축하한다며 직원이 건넨 주방세제 상자를 들고 센터를 나온 아정은 신호등 앞에 우두커니 서서 직원이 말했던 기사를 찾아보았다. 고가의 아파트를 몇 채나 보유한 부모의 자식이 임대 주택을 계약한 후 타인에게 프리미엄을 붙여 다시 임대하는 케이스가 몇 나왔고, 또 역시나 고가의 아파트가 몇 채나 있는 부모가 그 아파트는 죄다 남에게 세를 놓은 후 자식 명의로 당첨된 임대 주택에 들어와 거주하는 경우들도 있었다. 겨울바람이 찼다. 아정은 손을 번갈아 입에 대고 불어가며 계속해서 기사를 검색했다. 신호가 몇 번이나 바뀌었고 횡단보도를 건너는 이들이 옆을 스쳐 갔으나 아정은 알아채지 못했다. 고가의 아파트가 몇 채나 있는 부모를 둔 기분은 어떨까. 아정은 상상력의 부족을 절감하며 스크롤을 내렸다. 아정의 부모는 지방의 아주 작고 낡고 하자 많은 단층짜리 주택 한 채를 소유하고 있었다. 여전히 매매가가 1억에 턱없이 못 미치는, 아정보다 나이를 더 먹은 주택.

그래도 집이 있었으니, 고등학교를 졸업할 때까지는 학급의 모두가 비슷한 처지였으니, 상경할 때까지도 자신이 가난하단 생각은 해본 적이 없었다. 아마 그래서 처음 상경하여 자취방을 구하러 다닐 때의 슬픔을 잊기 힘든 모양이었다.

아정은 네 번째 초록 불에서야 비로소 신호가 바뀐 것을 알아차리고 길을 건넜다. 양손이 빨갛게 얼어 곱아가고 있다는 것도 그제야 자각했다. 핸드폰을 주머니에 쑤셔 넣고서는 주방세제를 왼손, 오른손으로 번갈아 들며 걸었다. 숱한 역세권 아파트들을 지나 지하철역에 들어갔다. 지하철을 기다리면서 계약했다는 메시지를 가족 채팅방에 보냈다. 그러고는 노선도를 멍하니 바라보았다. 창문 없는 고시원에 살던 시절 가장 많이 이용했던 역의 이름을 찾아보았다.

그러자 아주 많이 기뻐졌다.

3

다시, 처음 그 일이 일어난 것은 1박 2일의 집들이를 마치고 부모가 돌아간 지 사흘째 되는 날이었다.

하루 종일 집에 머물며 일하는 아정은 타인의 생활 소음에 익숙했다. 이전에 살던 원룸에서도 마찬가지였다. 거주자 대부분은 아침에 출근해서 저녁에 퇴근하는 직장인이었고, 그래서인지 인근 건물의 모든 공사는 아정이 집에 머물 때 이루어졌으므로 9시부터 6시까지는 끊임없는 공사 소음에, 그 전후로는 층간 소음에 시달려야 했다. 그러나 아정은 자신이 무던하다고 생각했다. 아니, 무던해야 한다고 스스로에게 강요했다. 매일 이어폰을 끼고 생활하면서도 좋은 노래를 많이 들으니 참 행복하지 뭐야, 하고 주문을 걸었다.

아정의 새 이웃들 역시 모두 아침형 직장인인 모양이었다. 주변이 아주 오래된 단독주택 일색이었으며 동네의 재개발 여부를 두고 왈가왈부가 오가고 있었기에(아정이 사는 빌라는 반경 100미터 내의 유일한 3층 이상 건물이었고 그래서 아주 이질적이었다), 그 어느 곳도 집을 허물거나 새로 빌라를 올리는 일이 없었다. 고요한 오후. 이어폰을 끼지 않아도 집중을 방해받지 않는 두터운 시간이 그 오후에 축복처럼 존재했다. 아정은 입주 후 며칠간 평일 오후를 온전히 누리며 충만한 행복을 느꼈다. 이런 게 바로 삶의 질이구나. 아정은 생각했고, "부자, 부자!"라고 외치던 가족들의 모습을 되새길 때마다 우스움에 엄습하던 부끄러움이 점차 희미해지는 것을 느꼈다. 이게 바로 능력이란 건가. 그런 생각은 며칠간 단단히 굳혀졌다. 평온과 온화. 그것이 능력에서 오는구나. 내가 그걸 미처 몰랐지 뭐야.

오후 6시 40분쯤부터는 위층이 조금 소란해졌으나 거슬릴 정도는 아니었다. 아정은 그 역시 행운이라고 생각하며 이어폰을 끼곤 했다. 그때쯤엔 이미 통잠을 잔 아기의 부모처럼 행복해져서, 일어난 아기가 얼마나 칭얼대던 그저 사랑만 하는 것처럼, 그런 식으로 웃음이 나왔다.

○

처음에는 왜 급작스레 깼는지 알지 못했다. 그러나 한 시간 후 다시 퍼뜩 눈이 떠졌을 땐, 문제가 뭔지 알 수 있었다. 소음이었다. 이미 사그라져 정확한 실체는 알 수 없었으나 분명히 이 시간에 몹시 어울리지 않는 소음. 그게 자신을 깨웠다는 걸 깨닫고서 아정은 어둠 속에 시체처럼 누워 온 신경을 청각에 집중했다. 시꺼먼 천장을 바라보았다.

차츰 긴장이 풀리며 다시 잠이 쏟아지기 시작할 즈음 아정은 그만 벌떡 몸을 일으키고 말았다. 이가 위아래로 딱딱 소리를 내며 부딪혔다. 손을 더듬어 문고리를 잡고 거실로 나갔다. 작은 거실은 어둡고 고요했다. 아정은 두 발짝을 더 걸어 화장실 문 앞에 이르렀고, 떨림이 전혀 가시지 않은 손으로 전등 스위치를 올렸다.

변기를 채우고 있어야 할 물이 모두 사라지고 없었다.

아정은 레버를 아래로 밀었다. 우르릉 소리와 함

께 물이 내려가고, 다시 차올랐다. 변기 중간에서 놀리듯 넘실대는 맑은 수면을 바라보며 아정은 의아해했다. 꿈을 꾼 걸까. 내가 들은 소리는 무엇이었을까.

그러나 침실로 돌아와 이불을 덮고 누운 지 몇 분이 지나지 않아 다시 그 소리가 들렸다. 아무도 없는 아정의 화장실에서, 우렁차게 변기 물이 내려가는 소리가. 아정은 벌떡 일어섰다.

아무도 없던 화장실의 변기는 아까처럼 말라 있었다. 그리고 구멍을 통해 스멀스멀 올라오는 역겨운 하수구 냄새를 아정은 곧바로 맡아냈다.

멍하니 그 구멍을 바라보다가, 대체 무슨 일이 벌어지고 있는 건지 생각하려 들자마자 급격한 요의를 느꼈다. 당장이라도 비우지 않으면 큰일이 날 것만 같은 고통. 허겁지겁 변기를 등지고 서서 고무줄 바지와 팬티를 한꺼번에 끌어 내리고 변기에 앉았다. 그러나 요도에서는 아무것도 나오지 않았다. 아정은 두 손바닥으로 아랫배를 누르며 힘을 주었다. 얼굴에 열이 오르는 것이 느껴졌다. 몇 초간 그렇게 힘을 주고 나서야 타는 듯한 요도의 통증과 함께 졸졸, 하고 소변 몇 방울이 흘렀다. 도저히 '누었다'라고 표현하기 힘든 적은 양이었다. 아정은 소리가 다 멎은 후에도 한참 동안 아랫배를 붙잡고 있다가 마침내 한숨을 쉬며 일어섰다. 레버를 바로 내리지 않고 뒤돌아서 변기를 확인했다.

물이 하나도 없는 변기 위에 누런 소변 방울이 점점이 떨어져 있었다.

○

그날 아정은 해가 뜰 때까지 잠들지 못했다. 잠을 자는 대신 '변기 저절로 물 내려감' '변기 물 없음' '변기 물 악취' 따위를 검색해 나오는 결과물을 모조리 정독했다. 그 현상이 왜 일어나는지, 해결 방법은 무엇인지를 모두 확인했음에도 검색어와 검색 엔진을 달리하며 계속해서 매달렸다. 이유는 간단했다. 아정이 개인적으로 할 수 있는 것이 전무했기 때문이었다.

'대부분의 봉수 파괴 현상은 집을 제대로 짓지 못한 설계상의 문제 혹은 공용 변기 배관 문제로 일어납니다. 해결하기가 아주 어려우며 경험해보지 못해 엉뚱한 곳만 건드리는 설비업자도 많습니다. 옥상 맨

위에는 변기의 숨구멍이라 불리는 벤츄레타가 있는데, 벤츄레타에서 수직으로 지하까지 내려가는 공용 변기 배관에 이물질이 굳어 있으면 봉수 파괴 현상이 일어납니다. 모든 층에서 일어나는 것이 아니고 이물질이 굳어 있는 층에서만…… 더 자세히 이해하기 위해서는 사이펀의 원리를…….'

아정은 아침 9시가 되자마자 한 업체에 전화를 걸었다. 홍보용 블로그를 가장 많이 포스팅한 업체였다.

"옥상에서 내시경 넣고 이물질 확인한 다음 공동 배관 뚫으셔야 돼요. 다들 그거 못해서 개인 배관이나 변기만 깔짝깔짝 건드리고 헛돈 쓰시다가 결국 나중에 오시거든요."

"……왜 그걸 못하는데요?"

"개인 배관이 아니라 공동 배관 문제니까 그렇죠. 고객님보다 위에 있는 층에서 계속 넣어서는 안 될 이물질을 넣어서 막힌 거거든요? 그러니까 사실 윗집들 잘못이지 고객님 잘못이 아닌 거죠. 그리고 무엇보다 중요한 건……."

"네."

"혼자 못 내는 금액이에요. 그러니까 관리 사무소

에 연락하세요."

"얼마인데요……?"

"높이랑 막힌 정도에 따라 천차만별이죠. 최소 몇 백은 깨진다고 보시면 돼요. 그래서 관리소 중에서도 개인 탓하면서 안 해주려는 곳 많아요. 아니면 세입자들 설득해서 나눠 부담해야 하는데 쉽지 않죠. 그러다 싸움 나는 경우도 엄청 많고요."

전화를 끊자 또다시 급작스러운 요의가 몰려왔다. 금방이라도 이불에 실례를 할 것 같아 다리를 꼬며 허둥지둥 침실을 나와 화장실로 들어갔다. 변기는 역시나 말라 있었다. 그리고 아정은 생각했다. 어디에 연락을 해야 하지?

"관리 사무소가 따로 있지는 않고요. 집에 하자 생겼을 때 저희 센터로 연락주시면 돼요. 센터를 관리 사무소라 생각하면 되고요. 증상 나타나는 사진 첨부해서 문자로 접수하시면 저희가 그걸로 상부에 공문을 보고해요. 결재 끝나면 저희 하청 점검 업체가 있거든요. 그분들이 방문하실 거예요."

지원센터의 직원은 계약서에 사인하는 아정에게

빠른 속도로 설명했었다.

“대신 기본적인 것들은 직접 하셔야 돼요. 예를 들어 형광등을 간다거나 아니면 변기를 뚫는다든가 하는 거요. 쉽게 생각하시면 돼요. 만약 1층에 관리실이 있다면 관리인에게 이걸 시킬 것인가 그러지 않을 것인가.”

그 말에 뭐라 대답했던가. 아마도 서명을 멈추고서는 짐짓 놀란 투로 물었던 것 같다.

“와, 막힌 변기를 뚫어달라고 하는 사람이 실제로 있어요?”

그러자 직원은 피식 웃었다.

“고객님들이 좀…… 생각이 다양하셔서요.”

그렇게 몰지각한 사람들이…… 아정은 직원더러 들으라는 듯 일부러 명확한 발음으로 혼잣말을 하며 펜을 고쳐 쥐었다.

그 혼잣말의 뿌리엔 부끄러움이 단단하게 자리 잡고 있음을 아정은 모르지 않았다. 센터에 들어가 예비자임을 설명하고 계약 사항을 안내받고 계약서를 작성하는 내내 아정은 센터 직원들의 눈치를 보았다. 준공무원인 저들이 나를 거지처럼 생각하지 않을까, 하는 마음이었다.

이상하지. 같은 건물에 살 이들을 한 번 본 적 없으면서도 자신은 다르다며 미리 선을 긋고 싶었다. 나는 아주 양식 있고 합리적인 사람이고, 능력이 없어서 못 번 게 아니라 예술이란 허상에 투신하느라 어쩔 수 없이 안 번 것뿐이다……. 아정은 작은 행동과 별것 아닌 척하는 말들로 초면인 직원에게조차 그런 생각을 증빙하고 싶어 하는 자신을 발견했다.

4

“변기 문제는 각 세대에서 직접 해결하는 걸로 계약 당시에 말씀을 듣지 않으셨을까요?”

“네, 그랬긴 그랬는데, 어…….”

“고객님, 변기 뚫는 방법은 기구도 있고 약제도 있으니 직접 구매하시면 좋을 것 같습니다. 궁금하신 점 해결되셨을까요?”

“그런데 제가 찾아보니까 이게 배관이 막힌 거라고…….”

“고객님, 배관이 막히셨단 말씀일까요?”

“아, 예…….”

“그러면 고객님이 배관을 뚫어주시면 되는 말씀 아니실까요?”

“아니, 저…… 저희 집 배관이 아니라…….”

“그러면 다른 집 배관 때문에 고객님 변기가 문제를 일으킨다는 말씀이실까요?”

"예, 그런 것 같은데요……."

"다른 고객님께서 어떤 방식으로 고객님께 피해를 입히셨는지 정확한 정황을 말씀해주셔야 접수가 가능하실 것 같은데요."

"아…… 그게, 정황은 잘……."

"아, 잘 모르신다. 그냥 왠지 그런 것 같단 생각이 드시는 걸까요?"

"아……."

"그러니까 정리해드리자면 고객님 댁의 변기가 오작동을 일으키는데 그 원인이 다른 이웃이라고 생각하시지만 저희 센터에 공유 가능한 정황 자료는 아직 없으신 걸까요?"

○

둔하다, 둔해. 그렇게 물러서는 대체 세상을 어찌 살까.

가족들은 언제나 아정을 돌연변이라 칭하며 한심해했다. 자신이 피해 보거나 남이 신나게 등쳐 먹는 것도 알아채지 못하는 멍청이라고 여기며 아정이 무는 일을 하고 어떤 관계를 맺든 사사건건 간섭하려 들었다. 아정이 정말로 무르고 둔한 건지 아니면 그런 척을 하는 건지는 헤아려보지 않았다. 이해할 수 없으니까. 피곤하니까.

아정은 매일 밤 매트리스 위에 축 늘어져서는 저 혼자 신나게 내려가는 지긋지긋한 변기의 물소리를 들으며 상상했다. 자신의 부모라면, 혹은 똑 부러지는 동생이라면 단박에 센터 측에 연락해서 조목조목 따지고 들 것이라고.

그러나 아정은 목소리를 높이는 게 세상에서 가장 힘든 사람이었다. 자기 생각을 말하려 입을 열면 이상하게도 목소리가 갓 걸음마를 뗀 염소의 네 다리처럼 사정없이 떨리다가, 급기야 참을 새도 없이 눈에서 줄줄 누수가 일어나곤 했다. 이제 곧 태어난 지 40년이 꽉 차는 아정은 언제나 그토록 추한 모습을 보여야 했던 자신이라면 절대로 센터에 전화 이상의 항의를 할 수 없음을 알았다.

난 괜찮아. 변기 따위 좀 이상하면 어때? 죽을 일도 아닌데.

아정은 변기가 이상한 건 큰일이 아니라고, 충분

히 참으며 살 수 있다고 최면을 걸었다. 피해를 당하고 그리하여 부족한 자신의 존재가 남에게 부끄러워질 때마다, 이건 피해가 아니라고 주장하는 것은 사실 평생에 걸쳐 여러 번 반복했던 과정이었으므로 그다지 어려운 일은 아니었다. 이불이 구겨진 모양과 똑같은 자세를 하고 누워서 매번 잠을 깨우는 물소리를 괜찮아하는 것. 화장실에 들어갈 때마다 힘껏 숨을 참으면서도 화장실에서는 원래 이 정도 냄새가 나지 않나, 라고 합리화하며 문을 굳게 닫는 것. 그런 건 쉽게 할 수 있는 일이었다.

물론 아정의 두려움이 오로지 과거의 기억에만 의거한 것은 아니었다. 임대 주택의 거주 가능 기간은 최대 10년. 아정이 한국 나이로 쉰이 될 때까지 한없이 저렴한 이 주거 공간에 온전히 머물 수 있단 얘기였다. 10년간 보증금도 월세도 오르지 않을 거란 사실은 계약서에 명시되어 있었다. 이 정책이 일부 여론에게 두들겨 맞은 이유이기도 했다. 불특정 소수에게 주는 특혜적 복지, 옳은 일인가.

그러나 계약서에는 조금 비슷하지만 아주 다른 문장도 존재했다.

'센터는 1년마다 센터 및 입주자 내 자체 평가를 통하여 공동 주택에서의 규범을 어기고 미풍양속을 해치는 입주자를 방출하며, 계약자는 이러한 연간 평가 시행에 동의한다.'

서명할 때까지만 하더라도 이상하다 여기지 못했다. 오히려 좋아했다. 예컨대 동생과 같이 살 때의 그 노출증 노인같은 작자와 이웃이 되지 않을 거란 뜻이라고 생각했다. 그 조항을 보고서는 자신도 모르게 혼잣말을 중얼거렸단 사실도 아정은 기억했다. 너무 좋죠, 너무 좋아, 세상에 끔찍한 인간들이 끔찍하게 많은데…… 이런 조항 너무 좋아…… 하고.

그러나 변기를 뚫어달라고 요청하는 내가 혹시나 저들이 말했던 불량 입주자는 아닐까? 지금 전화를 받은 이 센터 직원이 나에 대해 혹독한 점수를 매기진 않을까? 별것도 아닌데 징징댄다고…… 진상이 될 씨앗이 보인다고, 그렇게 평가하지는 않을까? 내가 여기서 10년 동안 살지 못하게 되면…… 내년, 혹은 내후년에 갑자기 떠나라는 통보를 받게 된다면…….

그래서 아정은 더 말하지 못하고 전화를 끊었다.

○

봉수, 그러니까 고인 물이 없으면 악취가 심해진다는 검색 결과는 뼛속까지 문과인 아정이 보아도 당연한 이치였다.

그러나 그 악취를 남에게 보여야만 할 때, 이토록 악취 나는 공간에 내가 살고 있고, 여기저기서 귀에 딱지가 앉도록 말하는 그 '로또 같은' 집에서 얼마나 고통받고 있는지 발각되어야만 할 때, 밀물처럼 들이닥칠 수치심의 정도는 뼛속까지 문과인 아정이 예상할 수는 있으나 한 번도 예상할 일이 없던, 전혀 새로운 유형의 비극이었다.

어느 SNS를 통해 들은 타인의 이야기였다면 공감능력이 높은 아정은 함께 걱정하고 분노했을 터였다. 그러나 이건 타인이 아니라 아정의 일이었다. 잔고와 자존감, 두 분야의 누적 수치를 어떻게 변환해야 할지 아직도 수식을 세우지 못한 아정은 봉수 파괴 현상이 자신을 괴롭히고 있다고 누구에게도 말할 수가 없었다. 두 가지 상반된 감정이 얼굴을 들이밀었다. 첫째로, 집의 하자를 고스란히 자신의 하자로 평가받을 것 같은 기분이 들었다. 자가도 아니면서 이런 생각을 하다니, 내 집을 가지게 되면 얼마나 심해질까. 아정은 체념조로 우스워하다가 내게 평생 집이 있을 리가…… 하고 고개를 저었다. 둘째로는 두려웠다. 싸게 살면 닥치고 지낼 것이지 이래서 못 버는 사람들에게 호의를 보이면 안 된다니까, 라는 손가락질을 아정은 이런저런 댓글에서 많이 목격했으므로. 그리고 왠지 센터 직원들도 그런 식으로 고까워할 것 같았으므로. 만약 더 항의한다면 그들은 아정에게 '진상'이란 딱지를 붙이리라. 아정은 그런 일을 겪고 싶지 않았다. 겪어서는 안 됐다. 좌우지간 고통받고 있단 사실을 남에게 들키고 싶은 생각은 요만큼도 들지 않았다.

5

“야, 진짜 너무 웃겨. 귀신 들린 집 같다, 얘.”

“근데 신경 안 쓰인단 것도 대단하다.”

아정은 낄낄 소리를 내며 웃었다. 누군가 어깨를 툭 치며 물었다.

“윗집이 문제란 얘기지?”

“엉. 나보다 위에 있는 층.”

“그런데 위에 한 집밖에 없다며. 누가 사는지는 알아?”

아니……. 아정은 고개를 저었다. 이사 온 이후 이웃을 실제로 목격한 적은 단 한 번도 없었다. 이웃은 간헐적인 층간 소음과 거실에 있을 때 들리는 현관문 밖의 소리와 온갖 종류의 재활용 쓰레기 그리고 우편함의 우편물이나 현관문 앞으로 배달된 택배 상자의 형태로만 존재했다. 반쯤은 아정의 의도가 섞인 결과물이기도 했다. 아정은 언제나 이웃이란 개념이 두려웠다. 홀딱 벗고 다니는 노인의 앞집에 산 이후로 더 심해진 것 같았다.

"하긴. 변기에 이상한 거 넣는 몰상식한 인간이랑 만나서 좋을 게 뭐가 있겠어. 해코지할지도 모르는데."

친구의 말에 다른 친구가 끼어들었다.

"그럼 너 계속 그렇게 살아야 하는 거라고?"

아정은 대답했다.

"난 별로 신경 안 쓰이더라고, 며칠 있어보니까."

○

술에 취해 꾼 꿈이었을까, 아니면 현실이었을까. 친구들은 화장실 차례를 기다리며 수다를 떨고 있었다. 주제는 아정의 몰락이었다.

"우리 중에서 가장 똑똑하던 애가 저렇게 구질구질하게 살 줄이야……. 매해 근황 갱신될 때마다 놀라 워죽겠다니까."

계속해서 열아홉의 아정과 서른아홉의 아정을 비교하는 이야기들만 오가서 아정은 칸 밖으로 나갈 수 없었다.

아정처럼 부모의 지원 없이 혈혈단신으로 상경해 마침내 수도권에 둥지를 트는 데 성공한 동창들이었다. 서른이 될 즈음까지만 해도 그 사실 자체가 모두의 자부심이었으므로 서로의 차이점보다는 공통점을 먼저 이야기했는데. 그래서 그 무리가 참 편하다고, 눈알을 이리저리 굴리며 눈치 보지 않아서 좋다고, 역시 끼리끼리 노는 게 안전하다고, 그때의 아정은 생각했었는데.

아마 꿈이었을 거야. 이곳저곳 찢어지고 끊긴 필름을 더듬더듬 감으며, 새 베개에 얼굴을 파묻고 밀려오는 두통에 끙끙 앓는 소리를 내던 아정은 스스로에게 말했다. 꿈이었어. 술자리 막판에 무슨 안주를 먹었는지도, 누가 계산을 했는지도, 집까지 어떻게 왔는지도 기억이 나지 않잖아. 그러니까 그것도 꿈이야. 바닥을 치는 내 자존감이 만들어낸 허깨비야. 걔들은 20년간 늘 나더러 똑똑하고 멋진 친구라고 말해주었지. 좋은 대학에 붙었을 땐 모두가 너라면 인정한다며 박수를 쳤고, 작가가 되겠다고 했을 땐 꿈을 좇아가다니 너답다며 응원한다고 다들 밥을 그렇게나 샀잖아. 성아정, 너 진짜 구질구질하다. 그런 친구들로 그만

꿈이나 꿔대고. 어떡하냐 진짜, 한심해서.

차라리 잠이라도 다시 오면 좋을 텐데 정신은 점점 또렷해졌고 두통이 밀려오는 빈도와 강도 역시 그에 비례했다. 결국 아정은 비척대며 일어났다. 몇 번 숨을 고르고 부엌으로 나가서 진통제를 찾아 입에 털어 넣었다. 물을 벌컥벌컥 몇 컵이나 마셨다. 끅, 하고 금세라도 속을 게워낼 듯 치솟는 딸꾹질을 참으면서 거실의 러그 위에 대자로 엎어졌다. 침실까지 갈 힘이 없었다.

"다신 술 이렇게 안 먹는다, 진짜……. 그럼 내가 인간쓰레기야."

아정이 중얼거리며 러그에 침을 흘리고 있을 때 화장실에서 우르릉, 물 내리는 소리가 났다. 봉수 파괴. 이 새벽에 윗집 사람은 왜 잠도 안 자고 화장실에서 볼일을 보고 있는 걸까. 주로 새벽에 숱하게 물이 내려간단 사실을 익히 잘 알고 있으면서도 갑자기 짜증이 머리끝까지 치솟았다. 숙취 때문인지, 아니면 아정 자신의 기분 때문인지 알 수 없었다.

"씨발년이."

아정의 입에서 저도 모르게 나온 욕이었다. 타인

이 그런 욕을 하는 걸 들었다면 아정은 재빨리 그에게서 최대한 멀리 떨어져서는 속으로 생각했을 것이다. 왜 '놈'이 아니라 '년'이야?

"씨발년이. 변기에 뭘 처넣고 새벽에 물 내리고 지랄이야……."

아정은 다시 한번 속삭였다. 윗배는 꿀렁이고 아랫배는 커다란 소리를 냈다. 젠장. 아정이 잘 아는 감각이었다. 물론 두 가지를 동시에 경험한 적은 극히 드물었다. 제발, 아주 동시에 터지지는 않기를. 아정은 기도하며 러그에서 몸을 떼어 일으켰다. 제발, 제 주인의 몸을 생각해서라도 교대로 찾아와주면 안 될까. 변기에 앉아서 토하는 일은 없게 말이야…….

화장실에 달려가면서도 아정은 아래보다는 위를 생각했다. 그러니까, 비싼 안주를 토하는 게 아까울지 아니면 안주를 토해냄으로써 나잇살이 덜 찌고 다음 날 편안한 몸 상태로 일하는 게 나을지를 계산해보았다는 것이다.

결론부터 말하자면 아정은 아래를 먼저 비웠다. 그런데 위는, 술 때문에 비운 게 아니었다.

○

샤워뿐 아니라 화장실 청소까지 끝내고 비척비척 돌아와 자리에 누우니 아침 8시였다. 그리고 아정은 그때부터 오후 8시까지, 열두 시간을 뜬눈으로 기다렸다. 계속해서 귀를 기울였다. 윗집에서 내려오는 소리를 들으려 무진 애를 썼다. 이윽고 해가 저물고, 집 안이 어둠에 휩싸이고, 귀가하는 직장인들이 탄 엘리베이터 소리, 그들이 누르는 도어록 소리가 귓바퀴에 감돌고, 요리 따위 할 여유가 없을 그들이 시킨 음식을 배달 기사가 떨어뜨리는 소리까지 한바탕 지나간 후에야 일어서서 거울을 보며 머리를 한 번 매만지고 눈곱을 뗀 뒤 현관문을 나섰다.

아직 잘 시간은 아닐 테니까, 라고 확신하며 계단을 한 걸음 한 걸음 올랐다.

6

그날부터 사흘 동안 아정은 저녁 9시마다 위층의 초인종을 눌렀다. 얇디얇은 내장재를 통해 들려오는 층간 소음은 오후 7시면 이미 시작되었으므로 나름대로 예의를 지켰다고 생각했다. 퇴근해서 씻고, 밥 먹고, 볼 만한 클립은 다 보고 낄낄댄 후일 거라고. 그러니 자신을 만나 이야기를 나누는 것쯤 아마도 해줄 수 있지 않을까 생각했다.

그러나 아무도 나오지 않았다. 새로 들어가는 사람도 없었다. 사흘 내내 그랬다. 완전한 개무시였다.

사흘이 지난 후, 여전히 저녁 9시였고, 아정은 초인종을 열다섯 번 정도 누르고 계단에 주저앉았다. 오기가 생긴 탓이었다. 어차피 내일도 평일이다. 아침 8시 전에는 출근하러 나오겠지. 아정은 생각하며 분노의 벽돌을 차곡차곡 쌓아 올렸다. 자칫하면 그걸 들어 상대를 내려칠 수도 있을 것만 같았다.

그렇게 아정은 홀로 계단에서 날을 지새웠다. 그곳에서도 윗집의 물 내리는 소리는 명확히 들렸다. 그게 아정을 더욱 미치게 만들었다. 저 집에 누군가 있다. 아침에 출근하고 저녁에 퇴근하는 직장인. 그런데 그 씨발년이 초인종 소리에 단 한 번을 반응하지 않는다……. 죽일까, 하고 아정은 세 글자를 떠올렸다. 떠올리기만 한 줄 알았는데 정신을 차려보니 중얼거리고 있었다.

핸드폰 시계가 4시 30분을 가리켰을 때 마침내 윗집에서 바삐 움직이는 누군가의 기척이 쉬지 않고 새어 나왔다. 아정은 푸르르 몸을 떨어 잠을 쫓아냈다. 드디어 누군가 나오는구나. 그를 보면 어떤 방식으로 퇴로를 막고 코너에 몰아넣을지도 생각해놓았다.

어떤 종류의 분노는 타고난 두려움조차 쫓아버릴 수 있단 걸 아정은 처음으로 알게 되었다. 지금껏 살면서 이렇게 행동하지 못했던 것은, 언제나 무르게 굴면서 가족들을 답답하게 만들었던 건, 자꾸만 손해 보는 사람이라는 이미지로 평생을 살아야 했던 건, 어쩌면 이런 식의 분노가 없었기 때문일까. 이런 원초적이고 냄새나는 분노가. 똥물을 끼얹었다는 말이 문자 그대로 실행되는 식의 분노가.

○

그랬다. 사흘 전, 술병이 난 아정이 말라버린 변기에 앉아 장에 든 것을 요란하게 비워낸 직후였다. 레버를 누르려 팔을 뻗었을 때 희미하게 위층에서 물 내리는 소리가 들렸다. 그리고 무언가 해보기도 전에 쿨렁, 아정이 엉덩이로 깔고 앉은 변기 안에 고인 물이 위로 튀어 올랐다.

그러니까 아정이 싼 것이, 아정의 엉덩이를 향해서 힘차게.

물이 저절로 내려가면서 벌어진 일이었다. 심지어 일부는 용케도 가랑이 사이를 벗어나 날다가 중력의 작용으로 바닥에 추락했는데 날기 전 받은 가속이 아주 세지는 않았기에 멀리 가지는 못하고 정확히 아정의 발등으로 낙하했다.

아정은 변기라는 안전지대를 벗어난 자신의 산물을 마흔 평생 처음 보았기에, 그리고 그 전에 술이 충분히 올라 있었기에 그만 왈칵 자신의 발등을 향해 토하고 말았다. 몇 번을 게워냈다. 변기에 앉아 한 번 두 번, 아주 여러 번, 식도가 쓰라릴 때까지 바닥을 더럽혔다.

마침내 울렁거림이 잦아들고 정신을 차렸을 즈음 아정은 맑은 콧물을 줄줄 흘리고 있었다. 땀에 절은 잠옷 상의에서 퀴퀴한 냄새가 피어올랐다. 바지는 토사물로 축축하게 젖은 상태였다. 좁은 욕실 바닥에도 벽에도 아정의 몸에서 나온 것들의 흔적이 가득했다. 일어나 엉덩이를 휴지로 훔칠 엄두가 나지 않았다. 얼마나 더러울지…… 보고 싶지 않았다. 외면하고 싶었다. 그리고 그때 갑자기 울음이 터져 나왔다. 아정은 변기에 앉은 채로 엉엉 흐느꼈다. 이렇게 짐승처럼 울부짖은 게 언제였던가. 아무리 헤아려봐도 유례를 찾을 수 없을 용량의 눈물이 쏟아졌다.

○

그게 아정이 지금까지 계단에 앉아서 윗집의 현관문만을 골똘히 노려보고 있는 이유였다.

성별도 얼굴도 모르는 이웃에 대한 두려움? 그런

게 분명히 존재하긴 했다. 엉덩이에 똥물이 튀기 전까지는. 그러나 왜인지 모르지만 놀랍게도 지금은 한 가지 생각밖에 없었다.

갚아주고 싶다.

불공평하지 않나. 위에서는 계속 신나게 무언가를 변기에 넣어 버리고 그 피해는 나만 당한다는 게. 돈을 많이 내는 것도 아니면서. 나랑 똑같은 사업에 똑같이 당첨됐으면서.

그렇게 되뇌며 아정은 저 현관문으로 이웃이 나왔을 때 어떻게 반응할지 계속 상상했다. 어떤 속도로 튀어 올라 어떤 궤도로 그를 가로막고 어떤 대사를 뱉을지를.

그러나 4시 40분 마침내 현관문을 열며 모습을 드러낸 이웃의 형체는 아정이 예상하고 대비했던 그 어떤 모양도 아니었다. 그래서 아정은 계획했던 대로 행동하지 못했다. 아주 느리게 움직이는 형체가 우두커니 엘리베이터를 기다리는 동안 아정은 어둠 속에서 웅크렸고, 형체가 엘리베이터에 올라 버튼을 누르고 돌아섰을 때는 몸이 보이지 않도록 잽싸게 계단 몇 개를 더 내려갔다. 그러고는 엘리베이터의 문이 닫히

자마자 아래로 부리나케 뛰었다.

엘리베이터는 아정보다 빠르게 도착했으나 형체의 움직임이 워낙에 느렸기 때문에 아정은 형체에게 들키지 않을 정도로 숨을 고를 수 있었다. 형체는 천천히 공동현관 밖으로 나가서는 주차 차단기 옆으로 향하더니 재활용 쓰레기가 가득 쌓인 쪽으로 걸어가 깜박이는 빛을 만들어냈다. 담뱃불이었다. 형체는 그렇게 담배를 연달아 네 개비 피우고 몸을 돌렸다. 그제야 조금 정신을 차린 아정은 급히 무음 카메라 앱을 다운받아 형체의 사진을 연달아 찍었다. 그리고 형체가 돌아설 때, 주차된 차 옆으로 빠르게 몸을 숨겼다. 형체는 한쪽 다리를 살짝 절면서 공동현관으로 향했고, 비밀번호 네 자리를 누르고는 건물 안으로 사라졌다.

아정은 시간이 조금 지난 뒤에 엘리베이터 앞에 섰다. 붉은 5자가 아정을 내려다보고 있었다. 급작스레 아랫배가 묵직해지더니 당장이라도 오줌이 줄줄 흐를 것만 같아 다리를 두루미처럼 꼬고 숨을 참았다. 뒤뚱거리며 엘리베이터에 오르고, 단전에 온 힘을 집중하느라 덜덜 떨리는 손으로 현관문 비밀번호를 더듬더듬 눌렀다.

신발을 벗어 던지려던 찰나 하체에 주었던 힘이 풀렸다. 젠장. 곧 속옷이 뜨끈하고 축축해졌다. 소변의 양이 아주 적은 게 다행인지 불행인지 아정은 판단할 수 없었다. 적은 소변에도 급격한 요의를 느끼는 것은 방광염의 주된 증상이었으니까.

요도가 견딜 수 없이 따가웠다.

7

잔뜩 긴장한 채 계단에서 보낸 시간이 문제였는지 아정은 주말 내내 앓아누웠다. 월요일이 되어서야 조금 기력을 찾았고, 아직 해결된 것은 하나도 없었기에 절박한 마음으로 그날부터 며칠 연속 똑같은 일상을 반복했다. 일을 하는 둥 마는 둥 저녁까지 기다렸다가, 윗집 사람이 퇴근했을 즈음에 올라가서 벨을 누른 후 무응답을 감내했으며, 새벽 4시 30분 즈음에 어김없이 나와 담배를 피우는 형체를 확인하고 몰래 사진을 찍었다. 그래도 실금을 한 것은 첫날뿐이었다. 그다음 날부터는 방광을 확실히 비운 후 그것의 동향을 염탐하곤 했다.

낮에 혼자 중얼거리는 버릇이 생겼다는 사실을 자각했을 땐 자못 충격적이었다. 설거지를 하다가, 청소를 하다가, 빨래를 개다가 문득 자신의 입이 열려 있다는, 움직이고 있다는 걸 깨달았을 때 아정은 그렇게 말하고 있었다.

늙은이들이 양심이 없어서…….

왜 내 인생은 항상 늙은이들이…….

씨발 대체 무슨 쓰레기를 변기에 얼마나 버리는 거야…….

쓰레기처럼…….

○

형체는 노인이었다. 군밤 모자를 푹 눌러쓰고 부한 롱 패딩을 입어 성별은 확신할 수 없었으나 키가 자기보다 머리 하나 넘게 작으니 아마 여자일 거라고 아정은 추측했다. 매일 똑같은 차림이었고 패딩 끝자락이 바닥에 닿을락 말락 했다. 언제나 맨발에 욕실용 슬리퍼를 꿰어 신고 있었다.

센터 직원이 탐욕 가득한 노인, 아파트 몇 채를 가지고 있으면서도 돈을 더 불리고 싶어 청년 임대 주택에 몰래 들어와 사는 노인에 대해 이야기했을 때 아정이 떠올린 이미지는 트위드 재킷에 모피를 걸치고 진한 색조 화장을 한 채 머리를 뿌리 끝까지 시커

멍게 염색해 부풀린 모양이었다. 만약 남자 노인이라면 뉴스에서 흔히 볼 수 있는, 눈썹 문신과 쌍꺼풀 수술을 한 정치인 이미지.

형체는 그 두 가지 상상과는 거리가 멀었다. 오히려 동네를 돌며 유모차나 리어카 위에 폐지를 주워 쌓는 이들과 가까워 보였다. 종이류를 내놓으면 두어 시간 안에 싹쓸이해 가는 사람들. 그리하여 분리배출의 귀찮음을 덜어주는 사람들. 형체는 그런 식으로 남루하게 생겼다. 작은 체구 말고는 그 어떤 것으로도 성별을 짐작할 수 없었다. 그냥 노인인, 그뿐인 존재였다. 만약 아정이 변기 때문에 곤란을 겪고 있는 아래층 세입자가 아니었더라면, 그리고 어느 TV 프로그램에서 자식의 집에 얹혀살다가 새벽에만 간신히 외출해 줄담배를 뻑뻑 피우는 노인을 보았더라면 조금은 측은한 마음을 가질 수도 있을 터였다.

그러나 이번엔 달랐다. 아정은 더 이상 위층의 잘못으로 엉덩이에 똥물이 튀는 걸 원치 않았다. 그 판단에는 동생과의 대화도 한몫을 했다. 봉수 파괴에 대한 언급은 한마디도 하지 않은 채 아정이 먼저 메시지를 보내 이뤄진 대화였다.

야. 우리 윗집에 노인이 살아.

헐.

맨날 새벽에만 잠깐 나왔다 사라짐.

낮엔 엄청 조용하고 외출도 안 함…….

당연하지. 왜 새벽에만 나오겠어? 찔리는 게 있으니까.

안 들키려고.

근데 진짜 돈 없게 생겼는데…….

내가 사진 찍었거든? 봐봐.

(사진)

돈 오지게 있으면서 일부러 저렇게 입는 거야.

안 걸리게.

그러고 나중에 걸리면 노인 복지 어쩌구 동정심

유발하면서 빈털터리인 척!

일단 센터에 신고해봐. 의심 간다고.

그래도 되려나…….

신고하려고 사진 찍은 거 아님?

몰라 나도 잘.

솔직히 신고하고 싶지?

몰라, 근데 계약 규칙을 어긴 거면…….

화나지?

뭐…… 조금.

대박.

왜?

언니 원래 그런 사람 아니잖아. 그런 거에 화 못 내고
신고도 못하는 사람이잖아.
근데 사진까지 찍고 화도 내고. 웬일이래?

뭐라 대답해야 할지 알 수 없을 때 다시 메시지가 도착했다.

넓은 집에 가니까 갑자기 막 애정이 생기고 그러지?
그럴 줄 알았어. 언니, 봐. 그래서 돈을 벌어야 돼.
세상이 다 사랑으로 가득 찬다니까? 뺏기고 싶지 않아
죽겠지? 언니가 지금까지 나를 속물 보듯 한 걸 내가
모를 줄 알아? 그런데 나는 참았어.
왜? 언니도 나처럼 될 줄을 나는 알았으니까.

언니도 나처럼 될 줄을, 나는 알았으니까.

동생의 그 말이 당장이라도 센터에 신고서를 작성해 넣으려던 아정의 손목을 잡아챘다. 아정이 지지하

지 않은, 아니 혐오한, 아니 인륜이란 개념을 제대로 탑재한 인간이라면 절대 뽑지 않아야 마땅한 대선 후보가 대통령이 되는 데 한 표를 던진 동생의 그 말이. 조소하는 데 능숙한 동생이 "그렇게 고고한 척하더니 결국엔 나랑 똑같은 인간이라니까"라며 뱉은 말 때문에. 그게 거짓임을 밝혀야 했다. 자신은 다른 사람이라는 확신에 스스로 책임을 져야 했다.

아정은 미쳐버릴 것 같아도 아주 너른 이해심으로 상대를 생각해주려 했다. 피치 못할 사정이 있을 것이다.

어떤 사정일까.

아정은 상상했다. 그려보았다. 아마도 노인은 불치병에 걸린 딸을 간병하기 위해 모든 일상을 버리고 상경한 노모일지도 모른다. 임대 주택에 당첨된 것이 인생 마지막 행운이었을 딸을 위해……. 혹은 초기 치매 증세를 보이기 시작한 부모를 더는 두고 볼 수 없던 자식이 발각의 위험을 무릅쓰고 임대 주택에 모셨을지 모른다. 그렇다면 앉은자리에서 담배를 네 개비나 피우는 노인의 행각도 이해가 된다. 이미 한 대 피웠단 사실을 계속 잊을 테니까. 아니면 노인이 원래 살던 집에 불이 났을지도, 물난리가 났을지도, 폭설로 집이 무너졌을지도, 아니면…… 어쨌든 비극이 있어야 했다. 아정이 납득할 만한, 그래서 신고하지 않을 만큼 슬픈 비극이.

그게 바로 윗집 가족의 뒤를 쫓기 시작한 이유였다, 라고 아정은 합리화했다. 이건 스토킹이나 불우한 누군가를 신고하기 위해 발버둥 치는 이기적인 도시인의 모습이 아니라, 그저 측은함에서 나오는 관심이라고. 그러나 아정은 그런 말을 동생에게 한다면 큰 비웃음을 살 거라는 사실도 잘 알고 있었다.

8

9시보다 조금 이른 시각에 집 밖으로 나가는 이는 남자였다. 머리숱이 퍽 적어서 정수리가 훤히 들여다보였고 남은 머리카락은 온통 두개골에 착 달라붙어 있었다. 아정은 남자가 엘리베이터를 타자마자 쏜살같이 아래로 내려가서는 그가 버스를 타고 사라질 때까지 미행했다.

저녁 7시에 가까워지면 아정은 마치 탕아를 기다리는 아버지처럼 버스 정류장에 우두커니 서 있곤 했다. 남자가 내리고, 집 근처 편의점에서 라면이나 맥주 따위를 사는 모습을 지켜보았다. 들어오는 남자를 감지해 반짝 켜진 공동현관의 램프가 꺼지면 그제야 아정도 숨을 푸후, 하고 내쉬며 집으로 올라갔다. 신발을 벗으며 천장을 우두커니 바라보면 여지없이 아주 자잘한 생활 소음이 스멀스멀 들려왔고, 곧 아정의 화장실에서 물이 저절로 내려가곤 했다. 그때부터 남자가 다시 출근할 그 시각까지 계속.

이해가 되지 않았다.

아정은 노인이 집에서 나오는 모습을 본 적이 없었다. 담배 네 개비, 새벽의 그 시간을 제외하고는 한 번도. 그렇다면 낮에 노인은 분명히 집 안에 있을 터였다. 거기까지는 그럴 수 있었다. 그런데 낮 시간에는 한 번도 물이 저절로 내려가지 않았다. 그 명랑한 한낮의 변기에는 맑은 물이 찰랑찰랑 차 있었다. 윗집에서 물을 내리지 않는다는 뜻이었다.

그렇다면 노인은 그동안…… 화장실을 쓰지 않는 걸까. 어떻게 그 오랜 시간 용변을 안 볼 수 있지.

결론은 하나. 이유는 알 수 없으나 노인은 아마도 요강이나 노인용 기저귀 따위를 차고 있지 않을까. 젊은 남자가 없을 때는 화장실도 마음대로 쓰지 못하는 노인은 남자가 오고 나서야 비로소 악취 나는 부산물을 비우고 홀가분해질 수 있으며, 해가 밝게 뜬 낮에는 배설조차 제한된 삶을 살고 있는 것이다. 그렇다면 배관이 막힌 이유도 이해가 될 것만 같았다. 남자가 돌아와 노인이 쌓아둔 모든 부산물을 한 번에 버리다

보니 당연히 문제가 생길 수밖에.

책상 앞에 앉아 급한 마감을 치고 이메일에 주절주절 답변하면서도 어쩐지 핸드폰을 멍하니 들여다보는 일이 잦아졌다. 핸드폰에 저장된 노인의 사진은 이제 백 장 가까이 쌓여 있었다. 필로티식 빌라의 어귀, 재활용 쓰레기가 그득한 주차장 구석에서 명멸하는 주황색 담뱃불과 둥글게 웅크린 노인의 모습. 왜소한 체격이 두껍고 낡은 패딩에 묻혀 얼핏 보면 그저 버리는 옷더미로 오해해버릴 그 모습이 아정의 핸드폰 앨범을 잠식하는 중이었다.

봉수 파괴는 나아질 기미가 보이지 않았다. 정말로 혹시나 내 변기의 문제는 아닐까 싶어 인터넷으로 온갖 종류의 뚫어뻥을 사봤지만 효과는 전혀 없었다. 누가 보면 배관업자인 줄 알겠어……. 뚫어뻥들을 처박아놓은 다용도실을 보며 아정은 중얼거렸다.

이상했다. 똥물이 튀었던 날 뜨끈하게 가열되었던 분노는 당신이 알아서 처리하라는 센터 직원의 말을 재차 듣자마자 찌꺼기처럼 굳었고, 노인을 당장 신고하겠다던 생각은 자꾸만 변기의 물처럼 줄어들었다. 울컥대며 역류하는 화는 일종의 버릇이 되어버린 듯

했다. 그게 자꾸만 새벽에 집을 나서게 만들었다.

입춘이 지나고 날이 조금씩 풀리면서 악취는 더욱 심해졌다. 그러나 그때까지 아정은 아무 말도 못 하고 있었다. 센터에도, 윗집 남자에게도, 노인에게도, 심지어는 익명이 보장되는 인터넷 커뮤니티에도, 그 어느 곳에도. 그저 내내 참으며 버틸 뿐이었다.

노인에게 말을 걸게 된 계기는 아정의 복잡하고 지겨운 상념들 때문이 아니었다. 바로 엄마, 언젠가 지금의 아정과 동갑이었을 엄마의 전화 한 통이었다.

"네 아버지가 이혼하잔다."

9

아정은 잠시 숨을 골랐다. 아빠가 이혼을 하자고…… 한다고? 한 번도 생각해본 적 없는 일이었다. 엄마가 이혼을 요구했다면 그러려니 했을 것이다. 40년간 지속된 폭력이 그 연유가 되겠지. 그런데 아빠가? 아정의 아빠는 세탁기도 돌릴 줄 모르는 사람이었다. 어떻게 그럴 수 있는가. 누군가가 탐을 낼 만한 재산을 가진 인물도 아니었다.

"그래, 맞아. 그런데 있지. 그 코딱지 같은 재산도 넘보는 애들이 있더라."

"애?"

"성현동. 그 새끼가 네 할머니랑 아빠를 아주 살살 굴렸어. 세상에 나는 상상도 못 했지. 그 개새끼가 나랑 네 아빠 이간질 제대로 해가지고! 아니, 내가 네 아빠 뒷담화 좀 하는 게, 그게 갈라서겠다는 소리니? 세상에 그걸 그렇게 녹음을 싸악 해서는……."

"그래서."

"당장 이혼하잔다. 나가란다. 현동이가 자기 아들이고 현동이 처가 자기 며느리란다. 며느리가 삼시 세끼 잘 챙겨줄 거니까 밥 가지고 유세 부리지 말고 꺼지란다."

이혼이 그렇게 쉽게 되는 건가. 아정은 엄마에게 이혼하라고 빌고 빌었던 어린 시절, 10여 년에 가까운 세월을 떠올렸다. 더 이상 맞고 싶지도 당신이 맞는 걸 보고 싶지도 않다고. 그때 엄마는 헤어지지 못하는 이유를 분명히 했었다.

"경제적인 것 때문에 쉽게 못 헤어진다고 엄마가 그랬잖아. 이제 돈도 못 버니까 집이라도 있어야 한다고. 그런데 아빠는 어떻게 그렇게 쉬워?"

엄마는 대답하지 않았다. 대신 다른 말을 했다.

"당연히 이혼은 안 할 거야. 그 인간이 지금 간덩이가 부어서 그렇지, 일주일만 혼자 살아보면 돼지우리 될 거 뻔한데. 그러니까 너한테 부탁 하나만 하자."

"무슨 부탁?"

"일주일만 가출하게. 네 집 가서 있자."

전화를 끊고 아정은 멍하니 앞을 바라보았다. 시야 오른쪽으로 굳게 닫힌 화장실 문이 들어왔다. 낮에는 한 번도 말썽을 피우지 않는 화장실. 해가 떨어지고 나면 쉴 새 없이 스스로 내려가는 변기 물.

저걸 엄마에게 보일 수 있을까? 아정은 바로 고개를 저었다. 아정은 엄마의 치부를 잘 알았다. 자신의 기대에 전혀 못 미치게 커버린 노처녀 큰딸. 누굴 만나도 자랑할 수 없는 큰딸. 예컨대 전화를 끊기 전 했던 마지막 말에서처럼.

"너 때문에 아빠가 그러는 것도 있어. 네가 아버지한테 좀 딸답게 사근사근 굴고, 또 용돈도 자주 줘여드리고, 그랬으면 그 인간이 그래도 남잔데, 시커먼 조카한테 홀딱 넘어갈 일이니? 너 때문에 엄마가 이 모양 이 꼴이니까 네가 책임져야지. 다른 인간들은 나이 들어 자식 덕 보고 사는데……."

그러더니 훌쩍훌쩍 울며 수화기에 대고 코를 푸는 것이었다. 그런 엄마에게 저절로 물이 내려가는 변기를 보여줄 수 없었다. 그 변기를 보고 얼마나 펄펄 뛸지, 생각만 해도 관자놀이가 지끈거렸다. 아정은 의자에서 천천히 일어섰다. 엄마가 이야기한 상경일은 일주일 후였다. 그때까지 이 문제를 어떻게든 해결해야 했다.

더불어 불안감도 있었다. 만약 엄마가 그 노인을 본다면 어떤 반응일까. 엄마는 자신이 예상치 못한 어떤 기회를 남들이 누릴 때마다 그것을 자신의 손해로, 누군가 자신에게서 강탈해간 것으로 여겼다. 노인이 서울 시내 한복판 신축 빌라에서 나라의 지원을 받으며 따뜻하게 살고 있다는 사실을 알게 되었을 때 엄마가 보일 반응은 하나였다. 자신도 여기 말뚝을 박겠다고, 아정에게 당연한 걸 요구하듯 선포할 터였다. 금지되었다 말한다면 또 물을 것이었다. 윗집도 사는데 나는 왜 못 살아? 내가 그 여편네보다 못하니? 하나님 아버지 맙소사. 내 몸 같아서 키운 내 새끼가 결국 등에 칼을 꽂네요. 내가 죽어야지 뭐.

그러니 노인의 모습을 보여서 좋을 게 하나도 없었다. 아정은 엄마와 함께 살던 때 폭죽의 불티처럼 쏟아지던 말들을 잊을 수 없었다. 너는 쓰레기야, 너 따위를 낳는 바람에 내 인생은 더욱 불행해졌어, 라고 주문을 외우는 듯했던 그 언어들을 기억했다.

○

"저기요."

화들짝 놀란 노인의 어깨가 솟구쳤다. 담배가 바닥으로 떨어졌다. 행여나 어디 불이라도 붙을까 싶어 아정은 얼른 운동화로 꽁초를 밟아 비볐다.

"501호 사시죠?"

노인은 대답하지 않았다. 몸을 돌려 허둥지둥 멀어지려고 했으나 느리고 낡은 그 몸뚱이가 움직이는 방식을 아정은 잘 알았다. 지금껏 몇 주를 지켜봤으니까. 아정은 노인의 팔을 붙잡았다. 그러고는 잠시 움찔했다. 죽은 이의 것처럼 여겨지는 마른 거죽과 부서질 듯 가느다란 뼈 때문이었다.

노인이 아픈 듯 낮게 외마디 소리를 냈다. 커지지 않도록 억누른 비명이었다. 아정은 조금 미안해져서 꽉 쥐었던 손가락을 약간 풀어냈으나 손을 놓지는 않았다.

"……아니요. 나는 여기 앞에 사는 사람입니다."

노인이 어둠 속의 단층 주택들을 아무렇게나 가리켰다.

"여기 와서 담배를 피운 것은…… 미안합니다. 하지만 501호 사람은 아닙니다."

아정은 피이, 소리를 냈다.

"제가 며칠을 지켜봤어요, 어르신. 거짓말은 하지 마세요. 이 시간마다 내려와서 담배 네 개비 피우고 올라가시는 것도 제가 다 아는데 이러시면……."

침을 꿀꺽 삼켰다.

"이러시면 상황만 더 나빠져요. 아니, 어르신. 왜 거짓말을 하세요? 기분 나쁘잖아요! 잘해드리려고 먹었던 마음이 다 흐트러진다고요. 최대한 편의 봐드리려고 했던 마음이 다!"

무언가 방점을 찍어야 할 것 같아서 아정은 힘을 주어 소리쳤다.

"미친!"

그렇게 외친 말이 무안할 정도로 아무렇게나 투기된 재활용 쓰레기가 바람에 날리는 소리만이 둘을 에워쌌다. 투두둑, 소주 라벨이 붙은 페트병. 까가강, 찌그러진 맥주 캔. 그리고 박스를 수집하는 노인들이 필요한 것만 쏙 가져간 후 버려진 각종 종이류의 소음. 아정은 깜박이는 노인의 두 눈을 바라보았다. 자신이 이 왜소한 노인 앞에서 욕설에 가까운 말을 했다는 사실에 소름이 끼쳤으나 위축된 티가 나지 않게 무진 애를 썼다.

노인의 입술 안쪽에는 허연 침이 말라붙어 있었다. 이와 잇몸 사이가 검었고, 정체를 알 수 없는 부스럼 같은 것들이 얼굴 위를 돌아다녔다. 어둠 속에서도 이게 보이는구나. 아정은 순간 엉뚱하게도 자신의 얼굴에 난 수많은 기미를 떠올렸다.

“지금 도망가시면 무슨 일이 생길지 몰라요.”

아정은 노인의 팔을 잡지 않은 손으로 핸드폰을 꺼내 흔들었다.

“여기 어르신 사진이 엄청 많거든요. 제가요, 네? 거의 3주 동안 찍었어요. 어르신, 여기 사시면 안 되는 거 알죠? 이거 제가 신고하면 바로 집 비워야 하는 거, 잘 아시죠?”

아정은 입을 바삐 놀리면서도 동시에 머리가 두 동강 날 만큼 고민했다. 이렇게 말하면 되는 걸까? 이 정도면 다른 사람들이 나를 두고 바보라 손가락질하지 않을 수준이 되는 걸까? 엄마나 동생 앞에서 재연했을 때 역시 모자라고 물렁하며 멍청하다는 평가를 받지 않을 정도는 될까?

"사, 사진을……."

"네. 백 장 넘게 찍었다고요. 그쪽이 모르는 동안!"

10

자신이 태어나서 단 한 번도 누군가를 업어본 적이 없다는 사실을 아정은 따끔거리는 요도를 견디며 적은 양의 소변을 배출하고 나서야 깨달았다. 훌훌 벗어 던진 땀 냄새나는 바지가 화장실 문 앞에 시체처럼 널브러져 있었다.

그냥 바로 119를 불러야 했나, 라는 생각은 바지를 꽉 찬 세탁기에 쑤셔 넣을 때 비로소 들었다. 시간이 많다면 그게 편했을지도 모른다. 특히 각서의 조항을 어긴 이들은 공공기관의 개입을 질색할 테니 더더욱. 그러나 아무래도 공공기관은 일 처리가 느리기 마련이며, 아정은 당장 일주일 안에 501호의 약점을 잡아 잘못을 추궁하고 담판을 지어야 했다. 게다가 앰뷸런스와 병원 진료 비용은 누가 낼 것인가.

아직 정신을 차리지 못한 노인이 아정의 침실 매트리스를 차지하고 있었기에 아정은 매트리스 아래에 누웠다가 한기에 못 이겨 거실의 러그를 질질 끌고 왔다. 걷잡을 수 없이 벌렁거리는 심장을 노인의 고른 숨소리가 슬그머니 진정시켜주었다. 아정의 존재 때문에 심장이 우뚝 멈추거나 한 게 아니라, 그저 잠깐 기절한 게 분명하단 사실이 아정을 안심시켰다.

아정은 빙빙 도는 천장을 게슴츠레 바라보았다. 아정의 말에 경악한 듯 노인이 그대로 실신해버린 이후 얼마나 바쁘고 또 절박했던가. 이제 아정은 노인의 신체를 엄마의 것보다도 잘 안다고 말할 수 있을 것 같았다. 기절하기 직전의 표정이나 허물어져 재활용 쓰레기처럼 보이는 모양새, 그리고 숨의 박자와 업은 이의 등을 누르는 뼈의 경도까지 전부 다.

아정은 해가 뜰 때까지 잠을 이루지 못하다 거실로 나와 비몽사몽인 정신으로 일을 시작했다. 그때까지 아정의 귀에 물 내려가는 소리는 들려오지 않았다. 위층 남자는 오줌을 누지도 않고 출근하는 모양이었다. 그리고 노인은 9시를 훌쩍 넘긴 뒤에야 눈을 떠서는 아정이 일하는 거실까지 네발로 기어 나왔다. 그 기척이 너무나 고요해서 아정은 전혀 알아채지 못했고 결국 매우 놀란 나머지 펄쩍 뛰고 말았다.

○

노인이 여자라는 사실은 낡아서 해진 티셔츠의 목이 흘러내리면서 확신할 수 있었다. 티셔츠보다도 더 오래되어 보이는 브래지어 끈이 드러났기 때문이었다. 보풀이 잔뜩 일어난 진홍색 끈은 살집 없는 어깨에 축 매달려 있었다.

"병원에 보내지 않아줘서 고마워요."

"예에, 뭐, 저도 귀찮은 일에 휘말리고 싶진 않아서 그런 거니까 칭찬 마세요."

아정은 착하고 사려 깊은 젊은이 같은 건 될 생각이 없었다. 무엇보다 노인을 신고하겠단 마음이 아직 커다랗게 머릿속에 똬리를 틀고 있었다.

아정은 먹을 것을 찾아 찬장을 뒤졌다. 컵밥도 전날 떨어졌고 남은 것은 라면뿐이었다. 몇 시간 전 기절한 노인에게 라면을 줘도 되는 걸까, 고민했으나 그러지 않으면 쫄쫄 굶기는 수밖에 없었다.

가장 맵지 않은 라면을 골라 면을 네 조각으로 부수어 넣었다. 입을 벌린 채 기절해 있던 노인의 치아 상태가 영 좋지 않은 걸 봤기 때문이었다.

그러고 보니 노인을 집으로 보내고 나면 매트리스 커버와 이불 따위를 모두 빨아야 한다. 이래저래 복잡하게 변해버린 상황에 다시금 한숨이 나왔다. 라면이 담긴 냄비를 교자상 위에 내려놓았다. 노인이 허겁지겁 라면을 우물대는 내내 아정은 행여나 그가 러그에 면이나 김치 조각 따위를 흘리지 않을까, 짜증 섞인 눈길로 응시했다. 러그의 얼룩은 여간 골치 아픈 게 아니었다. 아정의 부모 역시 해가 갈수록 음식을 여기저기 흘리곤 했다. 나이가 들면 다 저렇게 되는 걸까.

"어르신."

노인의 그릇이 바닥을 드러낼 즈음에 아정이 입을 열었다. 먹는 동안 말을 걸면 입에 든 것을 바닥에 쏟아낼까 봐 질문을 꾹꾹 참고 있던 차였다.

노인이 수저를 조심스레 내려놓고 눈을 굴렸다. 아정은 제 냄비를 내려다보았다. 모르는 이와 겸상을 하려니 음식이 들어가지 않아 절반이나 남아 있었다. 내 집에서 내 라면을 먹는데 이렇게 불편할 일인가. 의문을 가지다 보니 화가 치밀었다. 노인이 별안간 재채기했고 아정은 손으로 이마를 짚었다. 왜 늙은이들은 재채기를 할 때 입을 가리지 않는 거지? 그러면서 저 사람은 왜 내 눈치를 보고 있는 거지? 꼭 내가 아주 나쁜 사람인 것처럼.

"501호에 사시는 거 맞죠? 거짓말하면 괘씸죄예요, 이제. 제 집에서 잠도 자고 라면도 얻어 드셨으면서 또 거짓말할 생각 마시라고요."

나이 든 꼬부랑 노인에게 괘씸죄란 단어를 내뱉으면서 자신의 기분이 좀 풀리기를 기대했다. 노인이 천천히 고개를 주억거렸다.

"그런데요, 어르신. 아마도 자제분이랑 같이 사시는 것 같은데……."

아정은 남은 라면을 열없이 휘적대다가 수저를 내려놓았다. 더 먹을 기분이 영 아니었다.

"그런데 자제분은 어르신을 안 찾네요? 아까 출근하는 소리는 나던데."

노인의 입이 비틀렸다. 아정은 조금 심술궂어졌다.

"자제분은 걱정도 별로 안 되나 봐요, 어르신이? 연세도 많은 노인이 새벽에 집 밖에 나가서 돌아오지 않았는데 그냥 출근을 해버렸잖아요."

노인은 아정의 눈을 마주 보지 않고 대답했다.

"아이 회사가 일이 많고 바쁩니다."

"어머니가 실종되어도 쉴 수 없을 만큼이요?"

"실종이 아니지 않나요. 바로 아랫집에 있는데. 회사 안 가고 찾아봤자 금방 집에 돌아갈 거, 우리 아이가 현명한 거지요."

"그 얘기가 아니잖아요. 어르신 자제분은 모르잖아요? 어르신이 여기 계시는지 어디 납치되었는지 아니면 쓰러져서 꽁꽁 얼어버렸는지 모르는데도 안 찾고 있잖아요?"

"오늘 집에 돌아오면 찾을 겁니다."

"신고라도 하면 될 텐데 그것도 안 한 거잖아요?"

노인의 배 속에서 천둥 같은 소리가 났다. 아정은 노인의 그릇을 넌지시 보았다. 국물 한 방울 남아 있지 않았다. 아정은 자신이 먹던 냄비를 들고 일어섰다. 그러고는 가스레인지에 올리고 다시 불을 붙였다. 퉁퉁 불은 면발이 데워지는 국물 안에서 이리저리 헤엄쳤다.

"어르신. 죄송하지만 저는 알아요. 자제분이 신고 안 할 거라는 거."

국물이 끓었다. 아정은 냄비를 들고 교자상 앞으로 와서, 노인의 빈 그릇에 냄비에 든 것을 쏟아부었다. 펄펄 오르는 김이 노인의 얼굴을 가렸다. 어이쿠, 국물 튀어요. 조심하세요. 아정은 노인의 어깨를 뒤로 밀치며 말했다.

"안 하는 게 아니라 못 하는 거잖아요. 맞죠? 어르신이 여기 사는 거 들키면 안 되니까. 제가 어르신을 저희 집 밖으로 못 나가게 하면 어떻게 될까요? 아마 위층으로 절대 돌아가지 못하실걸요? 계속 여기 갇혀 계셔야 될 거예요. 맞죠? 제 말이 틀렸나요?"

노인은 제 앞에 놓인 그릇을 응시했다. 드셔요. 드시라고 둔 건데. 아정이 말했으나 노인은 움직이지 않았다. 그 모양새가 조금 고까웠다.

"왜요, 아까 보니까 잘만 드시더만. 갑자기 제가 신고 운운하니까 밥맛이 떨어지셔요? 그런데 저도 이러는 이유가 있거든요. 저 이상한 사람 아니고요. 윗집에서 저한테 끼친 피해 따지려는 사람이에요. 네, 어르신 댁에서 저한테 끼친 피해요. 그러니까 어르신은 가해자고 저는 피해자예요. 그런데 제가 지금 어르신을 대접하고, 보살피고 있잖아요. 이게 무슨 일이야……. 그러니 아시겠죠. 제가 말하는 것들이 다 정당하단 거요. 제가 진짜로 어르신 신고 안 하고 싶어서 지금 미리 말씀드리는 거예요. 그러니까 언짢아 마시고, 잘 생각을 해본 다음 자제분이랑 상의하세요. 아시겠죠?"

노인이 대답을 하지 않아서 아정은 계속 빠르게 뇌까렸다. 그러면서 동시에 자신이 이토록 자기주장을 명확히 할 수 있는 인간이었다는 것에 감탄했다.

"그거 다 드시면 보내드릴 테니까 저녁때 자제분한테 말씀하시라고요. 401호가 501호 때문에 미쳐버리기 일보 직전인데, 501호에서 책임지고 해결해주면 센터에 신고는 안 하겠다고요. 그 문제가 뭐냐고 물으면……."

아정은 수첩 한 장을 북 찢어서는 '봉수 파괴'라고 크게 적은 후 두 번 접었다.

"어르신. 집에 올라가시면 이 쪽지 꼭 자제분한테 보여주세요. 아마 무슨 뜻인지 모를 텐데, 모르면 검색하라고 하시고요. 이번 주……."

책상 위에 놓인 달력을 쳐다보았다.

"이번 주 토요일 안에 확답을 주셔야 하고, 아니면 저도 봐드릴 생각 없어요. 그렇게 전하세요."

아정은 고개를 숙인 노인의 정수리를 바라보았다.

이게 무슨 감정일까. 그 휑한 정수리를 보며 문득 초조함에 휩싸였다. 자신이 노인에게 이렇게 대응했다는 이야기를 하면 아정의 주변 사람들은 모두 아정에게 칭찬을 퍼부으며 놀라워할 것이다. 마흔이 되더니 드디어 제 앞가림은 할 수 있는 거냐며 박수를 칠 것이다. 그런 측면에서는 아주 만족스러운 결과물이었다.

그러나 자꾸만 발목을 잡는 생각. 그 누구 앞에서도 제대로 할 수 없던 자기주장을 왜 저 노인 앞에선 완벽하게 할 수 있었을까. 그것이 그러니까, 아주 왜소하고 없어 보이고 아정에게 꼬박꼬박 존댓말을 쓰는 여자 노인이기 때문이었던 것은 아닐까. 속옷 차림으로 사타구니를 만지며 서 있던 남자 노인에게는 소리 한번 제대로 지르지 못했으면서.

11

아정은 노인의 미세한 잔해물들이 묻었을 매트리스 커버와 이불을 모두 세탁기에 넣고 돌렸다. 노인은 저절로 물이 내려가 말라버린 변기 옆에 아직도 우두커니 서 있었다.

"다 보셨으면 이제 그만 올라가셔야죠."

아정의 말에 조금씩 몸을 꿈틀거리기는 했으나 화장실에서 나오려 하지 않았다. 아정은 다시 소리쳤다.

"어르신! 댁에 안 가세요? 가셔서 자제분한테 말씀하시라니까요. 이 문제 해결 안 해주면 아랫집 사람이 신고할 거라고요, 예?"

노인을 간신히 현관문 밖으로 밀어내고 나니 오후 10시가 넘어 있었다. 맙소사. 키는 작으면서 어찌 저리 힘이 좋을까. 자식들을 안아 키운 여자들의 생활 근력이 엄청나단 거야 알고 있었지만 노인이 되어서까지 남아 있을 줄은 몰랐다. 어쩌면 이제는 생존 근력으로 변화했을지도. 아정은 아무리 봐도 유복한 노년을 보내고 있다고는 할 수 없는 그의 외양에 근거해 생각했다.

전기요 위에 누워서 잊을 만하면 내려가는 물소리를 들었다. 하루 치 일을 거의 못 했으나 노인 때문에 심신이 이미 지쳐 있었다. 노인의 굽은 등을 보며 자신도 그런 모습이 되기까지 겨우 30년쯤 남았다는 자각을 쉼 없이 한 탓일까. 게다가 노인은 아무리 봐도 동거하는 자식에게 좋은 대접을 받는 것 같지 않았다. 무엇보다 끔찍했던 건 9시부터 6시까지 물 내리는 소리가 전혀 들리지 않는다는 사실이었다. 아정의 집에 있을 때는 눈치를 보면서도 화장실을 자주 썼는데. 어쩌면 노인은 자식에게 학대를 당하고 있는지도 몰랐다. 존재를 들켜서는 안 되니 자신이 집 밖에 있을 땐 그 어떤 인기척도 내지 말라는, 그러니 싸지도 말라는 명령을 받았을지도. 요강을 쓰든 노인용 기저귀를 쓰든. 그랬다면 라면을 허겁지겁 먹던 모습도 이해할 수 있었다. 해가 떠 있는 낮에는 달그락거리며 요기를 하는 것조차 금지당했을지 몰랐다.

그러나 아정은 중얼거렸다.

"근데 그건 규칙을 어긴 사람 책임이지. 누가 여기 살래? 자업자득이지. 하나도 안 불쌍하다."

또 덧붙였다.

"능력도 안 되는데 서울에서 이렇게 번듯하고 멀끔한 집에 얹혀살고 싶으면 뭐, 참아야지."

○

초인종이 울린 것은 다음 날 오후 7시였다. 아정은 해상도가 낮은 인터폰에 비친 이의 얼굴을 바라보았다. 공동현관이 아니라 자신의 집 현관문 앞에 서 있는 이의 얼굴. 누군가의 모습이 그 스크린에 떠오른 것은 아정이 이사 온 후 처음이었다. 아정은 인터폰 사용법을 알지 못했다. 버튼을 이리저리 누르자 인터폰은 삑삑 소리를 냈다. 결국 아정은 현관문에 대고 "누구세요?"라고 물었다.

"저 501호인데요."

상대의 목소리가 들렸다.

"말씀 나누고 싶다는 얘기를 들어서요."

그렇지. '말씀 나누고 싶어' 했던 것은 아정이었

다. 그러나 이렇게 약속도 없이 들이닥칠 줄은 몰랐다. 그제야 아정은 윗집 사람이 어떤 방식으로 나올지 자신이 전혀 헤아려보지 않았단 사실을 깨달았다. 윗집 사람은 어쨌거나 남자였다. 완력이 강할 수도 있었고 분노 조절을 하지 못하는 사람일 수도 있었다. 무엇보다 희미하게 감지되던, 그러나 아정이 애써 묻어두려 했던 학대의 냄새에 따른다면, 유쾌한 상대는 아닐 게 분명했다.

참 이상하지. 노인 앞에서는 쉬웠는데. 하고 싶은 말을 하는 것도, 언짢은 심기를 크게 드러내는 것도. 아정은 심호흡을 하고서 천천히 문을 열었다. 몸은 문에서 최대한 떨어뜨렸다. 혹시 상대가 둔기 같은 걸 가지고 있더라도 절대 바로 공격할 수 없을 정도로 멀리.

그러나 둔기 같은 건 없었다. 심지어 눈앞에 드러난 상대의 체구는 멀리서 몰래 관찰해온 것보다 더욱 왜소했다. 아정보다도 한 뼘 정도는 더 작아 보였다.

남자의 말은 몹시 빠르고 높낮이가 들쭉날쭉했다.

“저희 어머니가 여기 있다 가셨나요?”

아정이 고개를 끄덕였다. 아정의 대답을 듣고도

남자의 표정은 변하지 않았다. 양초의 굳어버린 밀랍 같았다.

“어머니가 얘기해서요.”

남자가 말했다. 남자의 시선은 정확히 발끝만을 향하고 있었다. 아정이 사는 공간을 절대로, 털끝만큼도 보지 않겠다는 듯.

“대체 어떤 일이 일어나는 건지 제가 한번 볼 수 있을까요. 어머니는 설명을 잘 못 하시더라고요.”

“그게…… 댁 화장실에서 물을 내려야만 볼 수 있는 거라서요. 어머니께 전화를 해보시면 어때요? 위에서 물 내리라고 해보세요. 그럼 바로 볼 수 있거든요, 뭐가 문제인지. 그거 실제로 안 보면 절대 안 믿으실 텐데. 제가 댁한테 돈 뜯어내려는 사기꾼이라고 생각하실걸요.”

그 말에 남자가 고개를 들어 아정을 물끄러미 바라보았다. 집에 걸음한 이후 처음이었다. 아정은 약해 보이지 않기 위해 남자의 눈을 똑바로 바라보려 애썼다. 떼꾼해 보이는 쌍꺼풀과 한쪽 눈머리에 붙은 작은 눈곱과 또 어딘가에 붙어 있는 빠진 속눈썹과 그리고…… 당신은 몇 살일까? 눈곱과 속눈썹을 보자마자 처음으로 남자에 대한 궁금증이 피어올랐다. 아정은 서른다섯을 넘기고서부터 얼굴에 붙은 이물질을 제대로 확인하지 못했다. 눈곱과 속눈썹, 그리고 수건에서 묻은 먼지 따위를. 그것들은 이상하게도 집 안에 있는 거울을 통해서는 영 눈에 띄지 않았다. 타인의 눈을 통해서만 발각되었다. 어쩌면 남자도 아정의 또래일지 몰랐다. 흠을 자각하지 못하기 시작하는 나이.

"어머니는 핸드폰이 없어요."

"예?"

"핸드폰이 없으셔서 제가 보기는 힘들겠네요."

아정은 남자를 물끄러미 보다가 자기도 모르게 중얼거렸다. 요새 핸드폰 없는 사람도 있나…….

"그런 사람도 있답니다."

남자의 입이 비틀렸다. 표정이 처음으로 변하는 순간이었다.

"세상에는 그렇게 살아야 하는 사정도 있습니다. 살 만한 분들은 잘 모르겠지만요."

12

그 말이 놀랍게도 아정을 분개하게 만들었다.

아정은 최선을 다했다. 알지도 못하는 상대의 사정을 헤아리려 무진 애를 썼다. 쉽게 할 수 있는 건 많았다. 노인을 신고할 수도 있었고 쓰러진 노인을 추운 겨울 날씨에 방치할 수도 있었다. 당신네 노인이 쓰러졌소, 하고 5층에 올라가 말만 전하고 내려올 수도 있었다. 그런데도 아정 자신은 얼마나 열심이었는가. 힘들게 노인을 업고 올라왔고 집에서 밥도 먹였으며 그 노인이 혹시나 학대를 당하지는 않는지까지 신경을 썼다. 무엇보다 남자와 노인이 변기에 뭘 넣고 내리는지는 몰라도 그 피해를 몇 주나 참으며 살았다.

그런데 남자는 아정을 향해 당신은 나의 사정을 상상할 만큼의 배려심이 없다고 말했다. 아정은 화가 났다. 남자의 경제 상황이 어떤지는 몰라도 못지않게 힘든 건 자신이었다. 절벽 끝에 서서 떨어지면 어떻게 될까 매일 상상하는 이가 바로 아정 자신이었다. 남자에게 무시당할 이유가 없었다.

"미치겠네."

아정이 입을 열었다.

"무슨 개소리예요. 9시에 출근해서 6시에 퇴근하는 번듯한 직장 다니면서 어려운 척 연기하는 건 무슨 심보냐고요. 어디 수입 한번 까요? 나랑 아저씨 중에 누가 더 못 버는지 비교해볼래요?"

아정은 푸학, 하고 웃음을 터뜨렸다. 한때 종교 행사에서 미친 듯 지껄이는 사람들의 영상을 보고 기괴하다 생각한 적이 있었다. 그런데 자신이 지금 그렇게 말하고 있었다. 다른 누군가가 아정의 몸 안에 들어온 듯했다.

"저는 그렇게 못 벌어도 있죠. 노모를 그딴 식으로 학대하진 않을 거예요. 그쪽이요, 퇴근할 때까지 어머니 화장실 못 쓰게 하잖아요. 내가 다 알아요. 내 변기가 탐지견이 되어버렸거든요. 위층 물 내리나 안 내리나, 왈왈. 화장실 못 쓰게 하는데 부엌이라고 쓰게 할까요? 아니죠. 낮에 제 집에서 며칠 굶은 사람처럼 밥을 드시고 갔어요, 그쪽 어머니."

아정은 팔짱을 꼈다. 인터폰 앞에서 남자가 그랬던 것처럼.

"세상에, 내가 남긴 걸요. 퉁퉁 불은 라면을 그렇게 열심히 드시더라고요. 대체 얼마나 굶은 거예요? 그 약해빠진 노인네가?"

"모르면서 함부로 얘기하지 말아요."

"내가 말한 게 틀려요?"

"남의 집 사정 알지도 못하면서 원래 그렇게 멋대로 평가합니까?"

아정은 우뚝 멈추었다. 실은 후회할 걸 알고 있었다. 남자가 떠나고 혼자 남으면 자신의 행동을 복기하며 부끄러워할 거라는 사실도, 왜 그딴 식으로 말했는지 수치스러워할 거란 사실도 내내 알고 있었다.

남자는 앞머리를 쓸어 넘겼다. 지쳐 보였다.

"됐고요, 원하는 거나 얘기하세요."

"변기 고쳐주셔야죠. 봉수 파괴 검색은 해보셨죠?"

"그래서 뭘 어떻게 해드리면 좋겠단 겁니까?"

"그거 저절로 해결 안 된대요. 업체 불러주세요. 센터에 대고 설득을 하든지요. 전 지금 정말 미칠 지경이에요, 노이로제 걸려서. 알아요? 환청이 들릴 지경이라고요!"

"여기 방음 잘 안 됩니다. 그렇게 소리 지르면 또 어디서 항의 들어올지 모르니까 그만 좀 하세요."

남자가 말하며 핸드폰을 들었다.

"검색이나 해봅시다. 그러니까 무슨 현상이라고요?"

○

이게 뭐지. 정말로 그 왜소한 노인이 기사에 나오는 것처럼 집을 몇 채나 가지고 있는 부자였던 걸까. 아니면 그 남자가 돈을 섭섭지 않게 버는, 그러나 나라에 신고는 제대로 하지 않는 부류였던 걸까. 역시나 그랬나. 나만 또 멍청이인 건가.

아정은 뒤척대다 벌떡 일어났다. 화장실로 달려가서는 대야에 물을 가득 받아 변기에 쏟아버렸다. 한 번, 두 번, 또 계속. 물을 부을 때마다 변기는 콜콜 소리를 내며 물을 버리고 새 물을 받아 간직했다.

봉수 파괴를 검색한 남자는 자신의 전화번호를 아정에게 준 후 위층으로 올라갔다. 그러고는 전화에 대고 내립니다, 라고 말하며 물을 내렸다. 아정의 변기

속 물이 스스로 움직이는 촬영본을 아정은 다시 4층으로 내려온 남자에게 보여주었다. 그러자 남자는 휑한 정수리를 긁적이더니 말할 따름이었다. “그래서, 업체 불러달란 말씀이시죠. 부를게요. 그럼 신고 안 할 거예요?”라고.

“이거 쉽게 해결되는 거 아니라고 했어요.”

남자의 태연한 태도에 외려 놀란 아정이 득달같이 말을 잘랐다.

“검사하고 뚫는 데 몇백이 든다고요.”

“몇백이든 몇천이든 이 현상이 더는 안 일어나면 되는 거 아니에요?”

“……이번 주 토요일까진 해결되면 좋겠네요.”

엄마가 공지한 상경일이었다. 남자는 또다시 아무 일도 아니라는 듯 대답했다. 알았어요, 금요일까지 해결해드릴게요, 하고.

“……해결이 안 되면요?”

“원하시는 대로 신고하든가. 대신 일이 잘되면 이 건에 대해선 더 말 안 하는 겁니다. 동의하죠?”

13

배관 업체 사람들이 방문하는지 요란한 소리가 나기 시작한 것은 남자가 다녀가고 이틀 후 오전이었다. 남의 집 문제로 몇백만 원을 쓰는 사람이 있을까. 없을 테니 남자의 태도는 분명히 허세일 것이라고 확신했던 아정은 책상 앞에 앉아서도 일에 도통 집중하지 못했다. 키보드를 두드려야 하는 두 손이 자꾸만 허공을 맴돌았다.

공사 소음은 하루 종일 지속되었다. 아정은 요깃거리를 사기 위해 아래로 내려갔다가 점심을 먹고 돌아와 주차장 어귀에서 담배를 피우는 작업복 무리와 마주치고 말았다. 결국 묻지 않을 도리가 없었다.

“배관 공사하시죠? 저도 잘 몰랐다가 이웃집한테 듣기만 한 건데…….”

어설픈 아정의 말에 작업자들은 무심한 듯 소리 없이 고개만 끄덕였다. 아정이 다시 물었다.

“공동 배관에 내시경도 집어넣으시잖아요. 어때요? 듣기로 물티슈나 생리대 이런 거 엄청 많이 나온다던데.”

거기까지 말한 아정은 꽁초를 함부로 툭툭 털며 끓는 가래를 뱉는 작업자의 모습에 겁을 먹고서 입을 다물었다. 체구가 매우 큰 사람이었다.

“아주머니. 몇 호세요?”

아주머니란 호칭에 상처를 받았으나 아무렇지 않은 척 굴었다.

“……302호요.”

거짓말을 한 이유도 멀리 떨어져 외면하고 싶은 마음에서였다.

“그럼 피해받는 덴 아니네. 바로 아래 401호가 냄새에 소음에, 죽을 맛일 거거든요. 그런데 이상해. 우리도 이런 건 처음 봐서 아주 당황스러워 죽겠어요. 물론 쏘면 다 내려갈 거긴 한데.”

“뭐가 이상한데요?”

아정이 작게 묻자 작업자는 대답했다.

“이상하죠. 배관을 막은 게. 그게 다른 건물이랑 다르거든요. 물티슈 같은 거 아니야. 되게 끈적끈적하고…… 그러니까 어떻게 보면 음식물 쓰레기랑도 아주 비슷하거든요? 그런데 음식물이면 다 알지. 이건 우리가 본 적이 없는 거란 말이에요……. 냄새도 좀 달라요. 지독한 거야 똑같지만. 뭐 일단은 뚫고 있으니까 큰일은 없겠지만서도 괜히 이게 뭔가, 싶네. 나름 전문가인데 정체를 알 수 없으니."

작업자들은 곧 우르르 무리를 지어 옥상으로 올라갔다. 아정은 잠시 고개를 들어 5층을 바라보았다. 남자는 출근했을 것이다. 노인은 없는 사람처럼 여전히 숨을 죽이고 있을 것이다.

그러나 곧 고개를 저었다. 501호는 배관 업체를 자비로 부를 만한 여유가 있는 가구였다. 늙어서도 그런 가정의 구성원으로 살 수 있단 건 축복이었다.

○

오후 5시가 다 된 시각에 초인종이 울렸다. 인터폰에 뜬 얼굴은 두 사람의 것이었다. 하나는 501호 남자, 그리고 또 하나는 아까 담배를 피우며 떠들던 바로 그 작업자.

"예, 실례합니다. 봉수 파괴 때문에 들렀습니다."

작업자는 아정의 대답을 기다리지 않고 신발을 벗은 후 더러운 양말 차림으로 성큼성큼 집에 들어섰다. 그러더니 아정의 얼굴을 흘끗 보고서는 적나라하게 놀란 티를 냈다.

"아니, 잠깐. 나 아줌마 아는데. 아줌마 삼백몇 호라고 하지 않았어요?"

그러나 아정이 뭐라 변명하기도 전에 화장실로 들어가더니 위를 향해 소리쳤다.

"어이, 물 내려!"

그 정도의 외침도 방음이 안 된다니. 아정은 전혀 몰랐다. 곧 천장에서 희미하게 물 흐르는 소리가 났다. 몇 초가 지나고 또다시 아련한 음량의 목소리가 들려왔다. 다 내려갔어요!

변기는 고요했다.

"자, 됐네요."

작업자가 말하며 손을 털었다.

"이젠 윗집 물 내린다고 여기서 들썩들썩할 일 없을 거예요. 다 되셨고요. 그래도 윗집은……."

작업자는 목을 죽 빼고 변기를 들여다보고 있던

남자에게 손을 내밀었다.

"윗집은 이제 변기에 휴지 말고는 넣지 마세요."

감사합니다, 라고 인사하는 남자에게 작업자는 틈도 주지 않고 다시 말했다.

"예약금 넣었던 계좌 기억하시죠? 거기로 잔금 주시면 됩니다."

"예, 일단 5층으로 가시죠."

남자와 작업자는 밖으로 뚜벅뚜벅 걸어나갔다. 아정만 거기 남아 멀뚱멀뚱, 납작한 현관문을 바라보고 있을 뿐이었다.

돈만 쓰면 이렇게 쉽게 끝날 일이었구나. 그런데 정말로, 변기에 무얼 집어넣었던 걸까. 이제는 집어넣지 않을 수 있게 된 걸까?

그리고 그보다 조금 더 늦게 자책감이 밀려왔다. 남자에 대한 미안함이었다. 인터넷에는 분명히 개인이 처리할 수 있는 일이 절대 아니라고 나와 있었다. 액수도 액수일 뿐 아니라, 공용 배관 설계상의 문제가 원인일 수도 있기 때문이었다. 그런데 남자는 요정처럼 척척 해결해냈다.

적어도 고맙다는 말은 해야 하지 않을까. 아마 이 일이 끝난 후에 남자는 아정과 척을 질 게 분명했다. 지긋지긋하다는 투의 표정만 보아도 알 수 있었다. 그러나 아정은 어떻게든 좋게 이 사건을 마무리 짓고 싶었다. 안 그러면 잠을 자려고 누울 때마다 계속해서 이 일이 떠오를 테니까. 자신이 얼마나 '교양 없게' 굴었는지를 되새김질할 테니까. 만약 남자가 이 상황에 대해 인터넷에 글을 쓴다면 어떤 댓글이 달릴까? 분명히 모두 아정을 손가락질할 것이다. 물론 남자의 잘못이 우선이겠지만, 언제나 사람들은 돈을 많이 쓴 쪽의 편이니까. 아정은 이런 상황이 생기면 꼭 그렇게 상상하는 버릇이 있었다. '이 이야기가 인터넷에 올라간다면 어떤 댓글이 달릴까.'

급히 부엌으로 향했다. 뭐라도 들고 갈 만한 게 없을지 살폈다. 새로 살 생각도 시간도 없었다. 싱크대 수납장을 뒤졌더니 제부가 보냈던 영양제가 나왔다. 언제 받았는지는 확실치 않지만 좋은 거라고 몇 번을 강조했던 기억이 났다.

아정은 나뒹구는 쇼핑백을 아무거나 하나 챙겨서 영양제 통을 넣었다. 그러고는 현관문을 지나 계단을 올라갔다. 위에서 작업자들이 장비를 챙기는 소리가 들렸다. 501호 현관문은 열려 있었다. 아정은 현관문을 두드리기 위해 주먹을 쥐고 손을 들었다.

"……혼자 살기에 정말 좋네요. 이 집."

작업 소장으로 보였던 이의 목소리였다. 남자의 음성이 뒤를 이었다.

"예, 뭐, 그렇죠."

"청년 무슨, 그거 당첨되신 거잖아요? 여기 계신 분들 다."

"예."

"이 동네에서 이거 들어온다고 말 엄청 많았는데."

"하긴 여기저기서 집값 떨어진다, 동네 격 떨어진다, 하고 반대한다더라고요."

"아뇨? 무슨 말씀이세요. 부러워죽겠다고요."

작업자가 가방의 지퍼를 올리는 소리가 들렸다.

"저희가 이 동네도 다 다녀봐서 아는데, 이만큼 말끔하고 좋은 빌라 별로 없거든요. 보증금이랑 월세 보고 다들 뒤집어졌죠. 생태계 파괴라고. 못 느끼셨어요? 건물 나갈 때마다 지나가는 사람들이 쳐다볼 텐데."

"……저는 출퇴근만 해서요."

"요 앞 교회에서는 벌써 싸움도 한바탕했어요. 청년주택 분이랑 원래 살던 분이랑. 선생님은 동네 사람이랑 교류가 없으셔서 몰랐나 보다. 어쨌든 결론은요. 부럽다 이겁니다. 그런데 공사비는 어떻게 선생님 혼자 내셨대요? 관리사무소 안 끼고."

"나라에서 하는 사업이라 후처리가 잘 안 되는 것 같아요."

"그래도 버티셔야지. 다른 일반 관리소라고 호락호락 해주는 거 아니에요. 싸워야지."

"아랫집 아줌마가 겁을 엄청 줘서요. 뭐 저희 층이 잘못했다는데 어쩌겠어요. 마침 제가 또 급전을 좀 벌어가지고."

"아니 고객님, 그래도 싸우셔야지 이렇게 져주시면 어떡합니까. 우리나라 아줌마들은 그러면 버릇 잘못 들어요."

작업자의 목소리가 현관 쪽에 가까워졌다.

"나중에 또 변기나 싱크대 하수구에 문제 생기면 연락주시고요. 뭐, 혼자 사는 남자분은 그럴 일 거의 없긴 해요. 고객님이 좀 특이한 케이슨데…… 화장실에서 뭘 그렇게 하셨는지는 몰라도……."

감사합니다, 들어가세요. 남자의 말투는 아주 조금 조급한 것 같았다. 입이 너무 가벼운 작업자를 얼른 밖으로 쫓아내고 싶은 게 분명했다. 아정은 쇼핑백 손잡이를 틀어쥐곤 남은 계단을 성큼성큼 올랐다. 인기척에 현관문을 나오던 작업자가 움찔했다. 아정은 그에게 수고하셨다는 흔하고 당연한 인사마저도 건넬 생각이 없었다. 어차피 다시 볼 사람이 아니었다.

대신 쇼핑백을 내밀며 남자에게 말했다.

"직접 처리해주실 줄은 정말 몰랐는데 너무 감사해서요. 어머니랑 같이 드시라고 영양제를 좀 가져왔어요. 그런데 어머니는 어디 계세요? 어머니한테도 인사를 드리고 싶은데."

작업자가 우뚝 멈추었다.

"어머니?"

그러고는 남자를 돌아보며 다시 물었다.

"고객님 혼자 사신다면서. 어머니가 계셨어요?"

이내 핀잔 조로 덧붙였다.

"에이, 아줌마 잘못 아셨네. 고객님 혼자 산다고 그랬는데. 들어가서 한번 봐요. 누가 봐도 남자 혼자 사는 집이지 어디 여자 있는 집인가. 제가 남의 집을

요, 평생 몇천 군데는 다녔습니다."

작업자가 피식피식 웃으며 신발코를 툭툭 바닥에 부딪고는 엘리베이터 버튼을 눌렀다.

14

아정은 멀쩡한 변기를 골똘히 쳐다보는 버릇이 들었다. 그러다 시간이 되면 어김없이 현관문을 나서서는 한참이나 윗층을 멍하니 올려다보았다. 엘리베이터를 타지 않고 살금살금 계단을 내려가 몸을 숨기고 노인이 담배를 피우던 장소를 흘끗대기도 했다. 그러나 모두 헛짓거리였다. 노인은 코빼기도 보이지 않았다. 층간 소음으로 미루어보아 남자는 9시 조금 전에 나가고 6시 후에 들어오는 일상을 반복하는 것 같았다. 그러나 원래도 소음을 내지 않던 노인은 이제 모두 잠든 시각에 나와서 담배를 피울 기회조차 잃은 모양이었다.

그리고 노인의 행방을 알아볼 시도를 해보기도 전에 엄마가 자신의 몸뚱이만 한 배낭을 짊어지고 등장했다. 서울에 살아본 적도 없는 사람이 강남 고속 터미널에서부터 지하철 두 번, 버스 두 번을 갈아타야 하는 아정의 집에 안내도 없이 덜컥. 예고한 날짜보다 이틀이나 일렀다.

"엄마, 나도 내 스케줄이 있는 사람이야. 이렇게 갑자기 오면 어떡해?"

"내가 내 딸내미 집에도 못 오니? 걱정 마. 아무 방해 안 하고 쥐 죽은 듯 지낼 테니까."

그게 불가능한 성격의 소유자란 건 서른아홉 해를 지나온 아정이 너무나 잘 아는 사실이었다.

"캐리어도 없어? 이걸 다 짊어지고 왔다고?"

배낭에서는 지퍼백에 넣은 후 공기를 쏙 뺀 반찬들이 끊임없이 나왔다. 기막혀하는 아정에게 엄마는 말했다.

"내가 그런 게 어디 있니? 평생 제주도도 못 가봤는데. 이 배낭도 너 수학여행 갈 때 샀던 거잖아."

……맞다. 운동장에 정렬해 서 있던 당시를 아정은 기억했다. 즐비하게 늘어선 각양각색의 캐리어들을 보고 입술을 깨물며 발끝만 쳐다보았던 그 아침을. 교복을 입고 오라고 했으면 얼마나 좋았을까. 고등학교 교복은 자본과 경험의 빈곤을 가려주는 데 아주 유용한 규제였다. 아니, 규제라는 부정적인 느낌 말고, 무한한

감사다. 아정은 정말로 교복에게 감사했다.

수학여행지는 제주도였다. 아정은 배낭을 위탁 수화물로 부친 후, 비행 내내 아이들이 손가방에서 화장품을 꺼내고 바를 때마다, 손에 아무것도 쥐지 못한 자신을 증오했다. 짐을 찾을 때는 자신의 배낭이 컨베이어 벨트 위를 하염없이 돌고 있었음에도 찾지 않고 일부러 고개를 뺀 채 먼 곳을 바라보는 척했다.

왜 엄마는 저 낡은 배낭을 버리지도 못하고 여기까지 이고 지고 왔을까. 아정은 몸서리를 쳤으나 엄마는 배낭에 들어간 것들을 소중하게 여기저기 수납하고 나서야 허리를 펴 외쳤다.

“너무 좋네, 집! 네 아빠는 그 너저분한 옛날 집에서 혼자 살라고 하자. 밥도 못하는 인간. 라면이나 끓여 먹다가 물려서 토할 때쯤 되면 무릎 꿇겠지.”

아정의 트레이닝복으로 갈아입은 엄마는 화장실에 들어가서 볼일을 본 후 물을 내렸다. 그래도 엄마가 오기 전에 해결되어서 다행이야. 아정은 생각했다. 화장실 문제가 해결되었으니 나머지는 어떻게 되든 그것보다는 힘들지 않을 거야.

오산이었다.

○

아정은 변기에 앉아서 한숨을 쉬며 기저귀를 걷어올렸다. 그러다 그만 서러움에 왈칵 눈물을 토하고 말았다. 자겠다며 침실에 들어간 엄마에게 행여나 우는 소리가 들릴까 싶어 잠옷 소매를 물었다. 소매가 침과 눈물에 축축하게 젖었다. 마흔이나 되어 엄마의 잔소리 때문에, 마흔밖에 안 되는 나이에 기저귀를 차야만 하다니.

"너 왜 이렇게 화장실엘 자주 가니?"

아정의 집에 신세 진 이튿날 이렇게 묻는 엄마에게 아정은 물을 많이 마셨잖아, 커피도, 라며 얼버무렸으나 오래가지 않아 실금한단 사실을 들켰다. 엄마는 대뜸 바락바락 소리를 질렀다. 내가 미쳐. 젊은 여자애 혼자 서울 보내지 말라는 말을 들었어야 했는데, 얼마나 문란하게 산 거야, 이 미친년아! 그러고는 어린 시절 하던 것처럼 아정의 머리를 손바닥으로 후려치며 마치 맞은 게 자신인 것처럼 울먹이기 시작했다. 대사는 통속적이었다.

"세상에, 이제 시집도 못 보내겠네 남부끄러워

서……. 이 일을 어쩌면 좋아……. 하자 있는 딸을 어떻게 남의 집 식구로 보내니……."

다음 날 아정은 노인용 기저귀를 샀다. 아정보다도 키가 한 뼘은 작은 엄마의 손이 닿기 힘든 수납장에 그 기저귀를 처박아놓고 수건으로 가려두었다. 새벽에 엄마의 인기척에 깨서부터 엄마가 저녁 잠자리에 들 때까지 내내 기저귀 신세를 졌다.

아정은 변기에 앉아 계속 눈물을 흘렸다. 한 번 터져버린 울음은 쉽게 가라앉지 않았다. 허리가 아파서 주먹으로 등을 두드리며 울었다. 엄마와 도저히 한곳에서 잘 수 없어 침실을 내주고 거실에서 잔 지 며칠째더라. 아정이 자신의 코골이를 핑계 댔으나 엄마는 그마저도 마음에 들지 않는 듯 입을 비쭉거렸다.

"너는 딸이 돼서 엄마 팔베개 한 번을 못 해주니? 내가 진짜…… 얼른 죽어야지, 그래야 네 마음이 편하겠지?"

엄마는 39년 세월 내내 그래왔다. 자신의 배우자가 폭력적이고 하자 많은 사람이며 평생 가난하게 살 거라는 사실을 불현듯 자각한 후엔 딸들에게 집착했다. 자신이 생각하는 완벽한 딸의 이상향을 만들어낸 후 그에 부합하지 않을 때마다 아정과 동생을 혼내며 말했다. 엄마가 밉지? 엄마가 죽었으면 좋겠지? 그 말이 버릇에 불과하며 그가 세상 누구보다도 질긴 생명력을 가진 사람이라는 것을 어린 시절엔 몰랐기에 엄마가 죽음을 입에 올릴 때마다 아정은 눈물을 흘리며 잘못을 빌었다. 동생은 그러지 않았다. 역정을 내며 대들었다. 결과적으로, 동생은 지금 엄마와 퍽 잘 지냈다. 아마도 '시집을 가서 남의 집 식구가 되었기 때문에' 가능한 일이리라.

아정은 문득 윗집 노인을 생각했다. 그 노인도 나처럼, 도저히 돌파할 수 없는 벽에 가로막힌 기분으로 기저귀를 갈았을까. 내 하루하루가 괴로운 이유를 알면서도 그 원인이 가족이라서, 그 소중하다는 빌어먹을 가족이라서 해결할 엄두를 내지 못했을까. 노인은 이곳에 오기 전엔 어디서 살았을까. 평생을 아들과 같이 살았을까.

……그런데 노인은 지금 아들에게 벌을 받고 있는 걸까?

아정은 공사 날 작업자가 한 말을 기억했다. 누가 봐도 남자 혼자 사는 집 같다는 말. 그리고 그날 이후

단 한 번도 노인을 보거나 기척을 들은 일이 없다는 사실도 되짚었다. 물론 만약 노인이 이전보다 더 심하게 통제를 받고 있다면 그 주 원인은 아정일 터였다. 아정에게 발각당했으므로 남자는 노인을 더 조용하고 투명한 인간으로 만들어야만 한다는 압박을 느꼈을 수 있다.

사람한테 그럴 수 있나. 그래도 그 나이치고는 귀여운 구석이 있는 노인이었는데. 아정은 생각했다. 노인은 아정의 엄마에 비하면 훨씬 조용했고, 눈치가 있었다. 우악스럽지 않고, 상처도 주지 않았다. 엄마와 함께 사는 것보다 노인을 집에 들였던 날이 훨씬 쉽고 자연스러웠다.

울음이 잦아들자 엉덩이가 근지러웠다. 종일 앉아 일하는 탓에 엉덩이에 종기 비스름한 것이 생긴 지 오래였는데, 거무죽죽한 그것은 컨디션이 좋지 않을 때마다 제 존재감을 발산하듯 성가신 가려움을 유발하곤 했다. 변기에도 너무 오래 앉아 있었구나. 아정은 두루마리 휴지를 몇 칸 끊어냈다. 따끔, 따끔. 아정은 한숨을 쉬며 일어서려 다리에 힘을 주었다.

그때였다. 엉덩이가 막고 있는 변기 속에서 목소

리가 들렸다.

"아가씨. 아가씨……."

15

이런 식의 끔찍한 장면을 목도해야 한다면 차라리 저절로 물이 내려가고 악취를 풍기는 변기로 내버려두는 쪽이 나았을 것이다.

노인의 얼굴이 맑은 변기 물속에서 아정을 쳐다보고 있었다.

○

"나 좀 도와줘요, 아가씨. 아가씨 말고는 부탁할 사람이 없어요. 이제 배수관 밖에 있는 나는 너무 많이 깎여서 동네 꼬맹이보다 작아진 채로 이불 위에 갓난아기처럼 누워만 있어요. 근육이 없어서 움직이지도 못하고 입을 열어봤자 죽어가는 염소 소리만 나서 비명도 못 지르는데, 배수관에 버려진 내가 원래 몸의 나보다 더 커지니까 이렇게라도 이야길 할 수 있게 되었어요. 그러니 부탁이야, 날 좀 도와줘요.

내가 여기 살게 된 것은 아들놈 때문입니다. 남편과 일찍이 사별한 후 하나 있는 아들놈을 키웠는데 아무리 열심히 키워도 내내 보란 듯 실패만 했어요. 그래도 내 배 아파 낳고 키운 아들놈이 그리 힘들게 살고 있는데 어찌 모르는 척할 수가 있겠습니까. 할 수 있는 모든 일을 다하며 그놈 뒷바라지를 했지요. 동네 사람들이 아무리 되다 만 놈이다, 손가락질해도 나는 바보다, 생각하고 돈 필요하달 때마다 건넸습니다. 어느 해엔 친구와 무슨 사업을 하겠다며 내 돈을 빌려 서울로 올라갔는데 그 길로 연락이 끊겼어요. 후련할 줄 알았는데…… 죽을 맛입디다.

그런데 10년 만에 아이한테서 연락이 온 겁니다. 저가 서울에 아주 좋은 집을 얻었다고, 엄마를 모시고 싶다고, 이제는 효도할 수 있을 것 같다고. 애가 집에 내려왔는데 세상에, 살이 얼마나 바짝 내렸는지. 보는데 참을 수가 없어서 부둥켜안고 엉엉 울었습니다. 그래도 얼마나 좋아, 내 주변에는 잘된 아들내미 둔 여편네들은 많아도 어머니 모시겠습니다, 하는 놈은 하나도 없었거든. 그간 동네 사람들 뒷담화 듣던 설움이

다 터져 나온 거지요 뭐. 아들내미가 실컷 자랑하라길래 시키는 대로 했습니다. 미움 잔뜩 살 때까지. 그러곤 다신 이 궁색한 촌구석 올 생각하지 말란 아들 말에 다 처분하고 아들 따라 서울로 올라온 거요. 어차피 남 흉볼 줄만 아는 동네 사람들이 지긋지긋했던 터라 잘되었다 싶었어요. 서울에 가면 일자리가 그렇게 많다는데 노인이 할 일도 많겠지 싶어 이사하자마자 쏘다녀야겠다 생각했고요. 그렇게 서울 집에 왔는데 어찌나 기분이 날아갈 것 같던지. 사실은 나도 크게 기대한 것은 아니었습니다. 아들내미가 지금껏 실망만 시켜왔으니 성공해봤자 별거 아닐 거라 여겼어요. 서울 집값이 그렇게 비싸다는데 그놈 능력으로 뭐 그리 좋은 집을 얻었을까. 그런데 세상에, 이리 크고 깔끔할 줄은 상상도 못 했지. 천장에 에어컨이 있고 또 공기청정기가 있고. 허연 냉장고가 있고 보일러는 쌩쌩 돌아가고. 특히 그렇게 밝고 하얀 새 변기는 난생처음 봤어, 나는……. 집을 한 바퀴 돌자마자 10년간 엄마한테 연락 한 번 않던 걸 다 용서할 수 있었습니다. 얼마나 힘들었을까, 이런 집 살 돈을 벌려면. 그렇게 힘들었으니 엄마한테 신경을 한 번 못 쓴 거겠지. 부끄럽지만 그날 아들놈 앞에서 엉엉 울었지요. 애처럼.

그런데 이튿날 저녁에 애가 그러는 겁니다. 엄마 목욕하실 때 등을 좀 밀어드려도 되겠느냐고요. 민망한 척은 했지만 나는 그것도 사실 참 좋습디다. 마흔이 다 된 아들놈이 늙어 쭈그러진 엄마를 부끄러워한대도 감수해야 할 판에, 같이 목욕을 하고 싶단 게……. 이놈이 나를 얼마나 보고 싶었을까, 10년간 얼마나 힘들었을까, 생각하니 다시 심장이 두근두근 뛰어요. 이 이야기를 고향 여편네들한테 해줘야 하는데, 얼마나 부러워할까 상상하니 또 아쉬웠지요. 결국 부모로서 자식은 내 전부입니다. 아가씨는 모르죠? 자식이 없으니. 자식은, 내 전부라고."

노인은 지옥 같은 목욕 시간을, 정확히 말하면 면도기 모양의 정체를 알 수 없는 도구를 들고 아들이 덤벼드는 시간을, 비명 한번 지르지 않고 견뎌냈다. 엄마…… 이게 각질 제거에 그렇게 좋대……. 이거 얼마나 좋은 건지…… 어쨌든 좋대 엄청…… 알아? 아들은 더듬더듬 말하며 노인의 몸 곳곳을 도구로 긁어

내서는 변기에 대고 털었다고 했다. 변기에 떨어진 찌꺼기의 색은 아들의 도구가 지나간 부위에 따라 다양했다. 희끄무레하기도 하고, 검붉기도 하고, 시퍼런 색도 누런색도 있었다. 그러나 단 두 가지는 언제나 일정했다.

미세하게 작아지는 몸, 그리고 이후에 찾아드는 나른함과 무력감.

노인은 몸집이 큰 편이었다. 어린 아들을 키우며, 돈이 필요할 때면 남자들이 하는 막노동도 서슴없이 했다. 몸살 한번 난 적이 없었다. 그러나 아들과 목욕을 할 때마다 눈에 띄게 왜소해졌다. 몸집이 줄고 힘이 사라졌다. 일을 안 해서 무기력증이 오나 보다, 이제 일을 찾아야겠다, 그렇게 마음먹고 외출했던 날, 집에 돌아오니 그날따라 일찍 퇴근한 아들이 거실 한가운데 서서는 어깨를 떨며 오열하고 있었다. 그러더니 소리쳤다. 엄마 내가 말했잖아. 나가지 말라고. 허락 없이는 절대 집 밖으로 나가지 말라고 내가 말했잖아!

노인은 그저 낯선 서울에서 길 잃을 어머니를 걱정하는 것이리라 생각했었다. 그러나 그게 아니라는 사실을 그때 처음 알았다. 자신의 존재가 타인에게 발각되면 아들 인생의 유일한 성취였던 이 집이 훌러덩 날아갈 수 있단 사실도 알게 되었다. 그래서 해가 떠 있는 동안 강요된 침묵과 매일 밤 몇 시간이나 되는 목욕을 감내했다. 아정과 말을 섞기 전까지.

몸을 비출 큰 유리가 없는 집이었기에 노인은 자신이 얼마나 작아졌는지 깨닫지 못했다. 아정을 처음 보고서는 저렇게 쥐콩만 한 계집애가, 라고 생각했다가 아정의 침실 전신 거울에 자신의 모습을 비춰보고는 그 자리에 주저앉았다. 가끔 고향 동네에서 저 노인네 갈 때 됐네, 하고 중얼거리게 만들던 허물어진 사람들의 모습과 눈앞의 자신이 완벽히 포개졌기 때문이었다.

노인의 넋두리가 너무 현실적이어서 외려 아정은 말도 안 되는 이 상황이 두렵지 않아졌다. 다만 작업자가 했던 말을 떠올렸다. 물티슈 같은 거 아니야. 되게 끈적끈적하고…… 그러니까, 어떻게 보면 음식물 쓰레기랑도 많이 비슷하거든요? 그런데 음식물이면 다 알지. 이건 우리가 본 적이 없는 거란 말이에요, 그러니까 보통 음식물도 아니란 말이야…….

그게 노인의 몸에서 깎여져 나온 찌꺼기였을 거라고는 상상도 하지 못했다.

"아가씨, 나는 죽고 싶지 않아요."

노인의 얼굴이 더욱 쭈그러들었다. 한참을 보고도 몰랐던 아정은 노인이 힘겹게 들이쉬는 숨소리를 듣고서야 그가 울고 있다는 사실을 깨달았다. 변기 물 탓에 눈물이 보이지 않았다.

"적어도 이렇게 죽고 싶진 않았어요. 그렇게까지 형편없이 살지는 않았습니다. 곱게 화장하고 영정 사진도 찍고 싶고 동네 사람들한테 육개장도 대접하고 싶고 여편네들이 하는 곡소리도 듣고 싶어. 이렇게 사라지고 싶진 않아……."

인간이 아니구나. 아정은 노인이 상처받을까 봐 속으로 되뇌었다. 진짜 미친놈이구나. 이건 아무래도 존속살해 아닌가. 어떻게 자길 낳은 엄마를 그렇게…….

그때 노인이 말했다.

"우리 아들을 만나줘요."

예? 아정은 자기도 모르게 고함을 치고 말았다. 노인의 얼굴을 보고도 비명 한번 지르지 못한 아정의 입에서 처음으로 나온 소리였다.

"우리 아들을 만나서 설득 좀 해줘요. 이럴 거면 차라리 얼른 장례를 치러달라고."

"죽고 싶지 않다고 하셨잖아요……."

"그렇지만 이미 걷기도 힘든 몸이 되었어요. 키는 아가씨 허리에도 안 올 거고 다리에 걸을 힘이 전혀 없어 이불 위에 누워만 있다고. 하루하루가 지옥 이요. 그러니 아들내미를 만나서 이야기해줘요. 어미가 미워 그러는 거라면 이렇게 서서히 죽이지 말고 얼른 끝내라고. 분명 그 애는 그 방법도 알겠지. 그러고 나서 남들처럼 장례를 치러달라고 말해줘요."

그러더니 믿을 수 없는 말을 덧붙였다.

"불쌍한 내 새끼……."

그때 화장실 문이 벌컥 열렸다.

16

"너 뭐 하니?"

문을 연 엄마가 팔짱을 끼고서는 아정을 쳐다보았다. 아정은 황급히 변기 쪽으로 다시 시선을 돌렸다. 노인의 얼굴은 사라지고 없었다.

"못 산다. 새벽에 화장실에서 소리는 왜 질러? 곱게 잠이나 잘 것이지."

"아니……."

"야뇨증 같은 것도 있니 혹시?"

"아니야, 그런 거."

"그럼 뭔데. 속에 뭐가 쌓였어? 분이 차서 미치겠어? 밤중에 화장실에서 소리 지를 만큼?"

아정은 대답하지 않았다. 발끈하는 상대의 모습이 엄마의 연료라는 것을 익히 알았으니까. 저러다 제풀에 지쳐 사그라질 때까지 기다려야 했다.

한참을 혼자 떠들던 엄마는 "나와!" 하고 소리쳤

다. 나와. 너 자는 거 볼 때까지는 나도 못 잘 것 같으니까. 그 말에 아정은 비척대며 화장실에서 나왔다. 불을 끄고, 거실 한복판으로 걸어가 누웠다. 어둠 속에서 엄마의 두 눈이 형형한 빛을 뿜으며 아정을 응시했다.

나는 실패한 딸이다. 아정은 그렇게 생각하며 이불을 머리 위까지 덮었다. 나는 완벽히 실패한 딸이다, 엄마의 입장에서는. 결혼도 취직도 내 집 마련도 못했으며 오줌이나 흘리고 밤중에 화장실에서 소리나 빽 지르는 그런 딸……. 그때 엄마가 아정의 이불을 확 들추며 말했다.

"왜 이불을 이딴 식으로 덮니? 엄마가 꼴도 보기 싫어 미칠 것 같아? 그렇지? 그냥 저년이 얼른 죽어버렸으면 좋겠다 싶지? 왜, 너 어렸을 때 그런 일기 잔뜩 썼잖아. 그거 보고도 내 배 아파 낳은 딸이라고 먹이고 키운 내가 등신이지!"

중학교 2학년, 사춘기가 극심했던 시절에 친구와 썼던 교환 일기를 훔쳐보았던 일을 이야기하는 모양이었다. 엄마는 가끔 각자의 부모에 대한 험담이 적히곤 했던 그 일기를 발견한 후에도 아정에게 티 내지 않았다. 오히려 몰래 사탕을 먹는 아이처럼 종종 꺼내 읽었다. 그러고는 한참 뒤에야 비로소 친구의 부모에게 연락했다. 댁의 아이가 쓴 것을 보라며 일기장을 그들 앞에 내려놓았다. 그 친구가 반에서 1등을 했던 때였나, 아니면 그 친구의 아버지가 어디서 크게 승진했다는 소문이 동네에 쫙 돌았을 때였나. 둘 중 하나였을 것이다. 그 일로 아정과 친구의 사이가 틀어지고 나서야 엄마는 아정에게 말했다. 꼴좋지. 속은 그렇게 곪아 터졌으면서 밖에서 하하호호 행복한 가족인 척하더니. 벌 받은 거야.

엄마는 그런 사람이었다. 자기 삶의 구멍을 견딜 수 없어서 타인의 삶에 구멍을 내는 사람. 그리고 지금 엄마가 손을 뻗어 구멍을 낼 수 있을 만큼 가까운 위치에 존재하는 것은 아정뿐임을 아정은 알고 있었다. 딸이라고 봐주지 않을 터였다. 엄마에게 자비 같은 건 없었다. 말로는 사랑한다지만 그건 소유물을 탐욕스레 품는 자의 정복욕과 비슷한 사랑이었다.

○

노인의 얼굴은 엄마 앞에서는 나타나지 않았다. 그러나 아정이 화장실에 갈 때는 정말이지 단 한 순간도 빠지지 않고 모습을 드러냈다. 그러고는 계속 아정을 졸랐다. 오늘도 요만큼을 베였다, 너무 괴로워서 울었더니 저도 같이 우는데 속이 터지더라, 얼른 가서 이야기 좀 나눠보아라, 이 늙은이가 가엽지도 않느냐…….

성가시다는 생각이 처음 들었을 땐 충격을 받았다. 내가 이런 충격적인 사건에도, 안타까운 피해자에게도 무감할 만큼 각박해진 걸까. 그러나 노인이 계속해서 나타날수록 퉁명스레 대답하는 자신을 발견하게 되었다.

"죄송한데 혼자 사는 여자가 윗집 사는 남자 찾아가는 게 쉬운 줄 아세요? 그러다 칼 맞아 죽거든요. 뉴스 안 보셨어요? 어르신이 저 지켜주실 거예요? 만약 경찰이라도 출동해서 어르신한테 뭐 물어보면 제 편 들어주실 거예요? 절대 아니잖아요."

그렇게 변기에 대고 속삭인 후 커버를 내리고 샤

워를 했다.

며칠간 집요하게 굴던 노인은 작전을 바꿔, 아정의 엄마 앞에도 나타나겠노라 협박하기도 했다. 그 말에 아정은 대답했다.

"제발 나타나주세요. 엄마가 귀신 들린 집이라고 혼비백산 도망가서 다시는 못 오게 제발 좀요. 너무 감사해 미치겠네, 그러면."

그러자 노인은 입술을 꾹 말아 물고는 아정을 노려보았다.

"그렇게 노려보면 어쩔 거예요?"

아정은 되받아쳤다.

그러나 노인에겐 방법이 있었다.

"얘!"

새벽 5시 30분, 화장실에 들어간 엄마가 날카롭게 아정을 불러댔다. 밖으로 나오지도 않고 화장실 안에서 몇 번을 소리 높여 외쳤다. '얘!'라는 한 글자만 반복해서. 잠에서 깬 아정은 몸을 일으켰다. 거실은 아직도 한밤처럼 어둑했고 사위는 고요했다. 엄마의 벼락같은 외침이 적어도 이웃 두세 가구 정도는 깨울

게 분명했다. 아정은 서둘러 일어서서 화장실 문을 열고 속삭였다.

"조용히 살라고 내가 몇 번을 말해, 어?"

엄마의 왼손이 거센 악력으로 아정의 손목을 잡아챘다. 다른 손은 변기를 가리키고 있었다.

"이 변기 왜 이러지?"

엄마가 말했다. 변기를 향한 검지가 가늘게 떨리고 있었다.

"난 아무것도 안 했다. 들어와서 보니까 변기가 이랬다고. 이거 하자지, 그치? 세상에 이게 무슨 조화니 지금?"

아정의 시선이 마른 변기에 머물렀다. 그리고 때마침 보란 듯 우렁찬 소리와 함께 물이 저절로 내려갔다.

씨발…….

아정은 엄마에게 들리지 않게 잇새로 중얼거렸다. 남자를 만나야 한다는 뜻이었다.

17

아정은 오후 5시부터 공동현관 인근을 얼쩡이며 남자를 기다렸다. 그리고 노트북 가방을 메고서 귀가하는 남자를 잡아챘다. 조용히 이야기할 곳이 마땅찮아서 인근의 스타벅스에 앉았다. 아정은 아이스 아메리카노를 시켰다. 그게 제일 싼 줄 알았다. 그러나 남자가 '스팀 밀크'를 주문했을 때 비로소 아니란 걸 알았다.

"봉수 파괴. 다시 말썽이에요."

한 모금씩을 마시고 잔을 내려놓자마자 아정이 입을 열었다.

"지난번에 노력해주신 건 알아요. 정말 감사하게 생각하고 있어요. 그런데 재발했잖아요. 또 그 돈을 들여 뚫어주실 건 아닐 테고……."

남자가 눈썹을 찡그리며 고개를 푹 수그리더니 두 손으로 얼굴을 감쌌다. 키만큼이나 얼굴도 손도 작은 남자였다. 그래서 더욱 고되어 보였다. 안 돼. 저런 연기에 속으면 안 되지. 아정은 정신을 바짝 차렸다.

"일단 해결도 해결인데. 이렇게 쉽게 재발하는 걸 보니까 아무래도 경각심을 가지시는 게 좋지 않을까요. 공사한 지 얼마나 지났다고 또 배관이 막혀요."

그러자 남자는 아주 힘들게 말했다.

"그때 공사비로 이백오십만 원을 냈습니다. 현금 박치기로 깎은 금액이었어요. 이번에도 낸다면 도합 오백이겠죠."

오백. 아정의 계좌에는 그만한 돈이 아예 없었다. 들어올 거라 예상했던 돈들이 아직 하나도 입금되지 않았으므로. 그 사실은 아정이 더 많은 말을 하게 만들었다. 그래도 저 남자가 나보다는 부자다, 나보다는 사정이 괜찮다는 합리화였다.

"제가 그쪽 보고 내라고 한 적은 없죠. 책임지라고 했더니 그쪽이 알아서 업자 부른 거잖아요."

그러자 남자는 아정을 물끄러미 쳐다보더니 열을 세는 것처럼 뜸을 들이고는 천천히 대답했다.

"센터에 연락하지 못한 이유를 다 알면서 어떻게 그런 식으로 말씀을 하세요. 막말로. 저희 어머니 협박했잖아요. 이 나이 먹고 자기 엄마가 협박받았다는 소리 들으면 얼마나 죽고 싶은지 아세요?"

"그런데 또 일어났잖아요. 똑같은 현상이."

아정은 종이 빨대를 질겅질겅 씹었다.

"그리고 아시다시피 501호 과실이잖아요. 똑같은 문제가 일어났는데 해결 안 해주실 거면 저는 지난번에 안 했던 신고를 할 수밖에 없어요. 저도 이러고 싶지 않아요. 힘든 청년층끼리 배려하며 잘 지내고 싶단 말이에요. 근데 그쪽이 먼저 불가능하게 만들잖아요."

주변의 테이블에서 깔깔거리는 소리가 들려왔다. 빽빽, 주문한 메뉴를 찾아가지 않는 손님을 애타게 부르는 아르바이트생들의 외침도 섞여 있었다. 모든 것이 너무 날카로워 귀를 막고 싶다고 아정은 생각했다. 제발 모두 타인을 조금만 배려해주면 안 될까? 그때 남자가 꼬깃꼬깃 접은 영수증을 트레이에 내려놓으며 대답했다.

"신고하세요."

"네?"

"보니까 되게 신고하고 싶은 것 같은데 저도 더 이상은 편의 봐드릴 생각 없습니다. 그러니 원하는 대로 고발하세요."

"……신고 안 당하려고 이백오십 냈다면서요."

"그랬죠, 그쪽 덕분에."

"그런데 이젠 하라고요?"

"하세요."

남자가 일어섰다.

"내가 계산을 잘못했네요. 이 정도 해주면 이해할 줄 알았거든요. 사람다운 사람이라면. 어쨌든 오백은 못 내요. 혼자 그렇게 사세요. 불우한 이웃들 괴롭히면서. 돈 많은 사람한테는 그러지도 못할 거."

그러고는 성큼성큼 카페를 나섰다.

아정은 이렇게까지 빨리 달려본 적이 없었다. 이유는 단 하나였다. 아정은 사람다운 사람이고, 자신이 남자보다 더 불우하다 확신했으니까.

"씨발놈아."

아정은 그렇게 뱉었다.

"개새끼야. 내가 너 뚫린 입으로 하고 싶은 말 하라고 그 내내 씨발, 기다린 줄 알아? 개새끼야. 네 돈으로 뚫든 아가리로 뚫든, 뚫으라고!"

남자에게 손을 대고, 또 그렇게 말할 수 있었던 건

아마도 남자의 체구가 아정보다 작아서였으리라. 남자는 아정이 목덜미를 잡고 끌어당기는 방향대로 빙글 돌아섰다. 그러나 아정처럼 펄펄 뛰지 않았다. 가만히 아정을 바라보고 있을 뿐이었다.

스타벅스를 드나드는 사람들이 일제히 아정을 힐끔거렸다. 그 이상한 분위기를 아정은 조금 늦게 감지했다. 아무도 남자를 이상하게 보지 않았다. 모두 아정만을 주시하며 수군거리거나 킥킥댔다. 아정은 어느 순간 입을 다물었다. 남자는 여전히 멍해 보였다. 목에는 아정이 옷깃을 잡아채는 바람에 생긴 붉은 자국이 선명했다. 그러더니 겨우 말하는 것이었다.

"우리 엄마도 이런 식으로 대했어요?"

○

배관 문제에 미적지근하던 센터는 무단 거주자가 있단 신고를 받자마자 이상적인 서비스 센터의 속도를 보여주었다.

"고객님. 윗집엔 동거인이 없습니다만."

센터 직원이 아정을 꼬나보았다.

"뭣도 없는데 신고를 왜 하셨어요."

"샅샅이 조사했나요?"

"그럼 안 봤겠어요? 501호 고객님이 얼마나 황당해하셨는지 아세요? 저희가 신고자 신상은 지켜드리지만요. 입장 바꿔 생각해보면 그분은 얼마나 무섭겠어요?"

신고자가 누군지 남자가 모를 리 없었으나 아정은 입을 다물었다. 직원이 한술 더 떴기 때문이었다.

"CCTV도 최근 2주 치 다 봤고 할머니 같은 사람 딱 한 분 계셨는데…… 고객님이랑 같은 층에서 내리던데요?"

"어…… 엄마예요. 잠깐 오셨어요."

"잠깐? 잠깐 오신 거 맞죠?"

직원이 볼펜으로 자신의 관자놀이를 톡톡 두드렸다. 아정은 고개를 끄덕였다.

"네……."

"그럼 조만간 돌아가시겠죠, 원래 댁으로?"

돌아가신다는 단어에 아정은 몸을 살짝 떨었다.

18

"어르신."

직원이 떠나고 난 밤, 아정은 노인을 불러냈다. 노인은 입술을 비틀며 나타났다. 집에 안 있고 어디 갔었느냐는 아정의 물음에 노인은 아들이 자신을 두툼한 겨울 이불 개듯 개어놓았다고 대답했다.

"개었다고요?"

"그리고 세탁기 속에 처박아두었어. 머리 잘 돌아가는 놈이지, 그놈이. 누가 세탁기 안에 사람이 있을 거라고 상상이나 하겠어? 기껏해야 옷장이나 열어 보겠지."

세탁기에 구겨져 들어갈 수 있을 정도로 작아졌단 말인가.

"아가씨가 그렇게 신고 먼저 해버리는 바람에 우리 애가 얼마나 겁을 먹었는지 압니까. 아마 더 빨리 날 완전하게 갈아 없애려고 노력할 거요."

"저야 당연히 어르신이 발견될 줄 알았죠. 세탁기에 숨기리라고 누가 생각해요……."

아정은 물끄러미 노인의 얼굴을 바라보다가, 잔뜩 수그리고 있는 목이 아파 변기 앞에 쪼그리고 앉았다. 눈높이가 조금은 맞게 되었다.

"그런데 전 정말로 궁금한 게 많아요. 아드님한테 먼저 물었어야 했는데 제가 섣부르게 신고해버렸네요. 그러니까 일단 어르신에게 여쭈려고요."

"뭘?"

"어르신이 없어지면 뭐가 좋죠?"

아정은 단도직입적으로 물었다. 몸의 형체를 가지지 않아서인지 노인은 마치 홀로그램이나 애니메이션 캐릭터처럼 보였고 그래서 사람이란 느낌이, 상처받을 수 있는 상대란 느낌이 덜했기 때문이었다.

"솔직히요. 부모를 죽여서 유산도 받고 사망보험금도 탄다면 그러려니 하죠. 그런 범죄들은 많이 봐왔잖아요. 그런데 어르신이 서류상으로만 살아 있어서 좋은 게 뭔데요?"

가능성이 하나 있긴 했다. 혹시 연금? 그건 살아 있으면 계속 받는 걸 테니……. 아정은 국민연금에 대해선 잘 몰랐다. 회사에 소속된 적이 없었고 국민연금을 반드시 내야만 하는 정도의 소득을 얻은 적도 거의 없었다. 오히려 다행이라고 여겼다. 또래들은 내고도 못 받는 돈일 테니까.

다시 수면으로 눈을 돌렸을 때 노인은 얼굴을 잔뜩 찌푸린 채 아정을 바라보며 믿지 못할 말을 내뱉었다.

"우리 애는 돈 때문에 그럴 애가 아니야! 이유가 있을 겁니다, 이해할 수밖에 없는 이유가!"

노인의 이마에 핏줄이 높이 솟았다.

"제 엄마를 위한 이유가 있을 거라고!"

"소리 지르지 마세요."

노인의 얼굴이 변기 물 안에 있지만 않았어도 손을 넣어 휘저었을 거라고 아정은 생각했다.

"아직도 아들을 믿으세요? 저번엔 그런 식으로 말씀 안 하셨잖아요. 완전 욕했잖아요. 낳아준 엄마를 그딴 식으로 대한다고 무슨, 네, 저한테 벌이라도 주라는 듯이요. 그런데 왜 이제 와 아들 편을 들어요?"

노인의 대답은 가관이었다. 아정이 가장 싫어하는 말이었다.

"……그게 바로 엄마라는 거니까!"

그게 바로 엄마라는 거지. 너는 네 애를 낳아보지 않아서 모르지. 아정에게 대단히 무거운 죄책감을 떠넘기고 싶을 때 엄마가 종종 사용하던 말.

그러나 아정은 그 순간 조금 놀라웠다. 엄마가 그 말을 했을 때와는 달리, 그렇다 할 분노가 일지 않았기 때문이었다. 오히려 노인이 가여웠고 안쓰러웠다.

그때 아정의 속에서 이상한 충동이 급작스레 싹을 틔웠다. 예고도 없이, 놀리는 것처럼. 싹은 한들한들 흔들리며 아정에게 노래하듯 속삭였다.

저 노인의 비위를 맞춰보자.

맞아요, 아드님이 조금 잘못 생각했지만 금방 뉘우칠 거예요, 라고 말하며 노인이 원하는 대로 아들에게 다가가보자는 말이야. 물론 첫 단추를 잘못 끼우긴 했지만 아니, 오히려 더 쉽게 친해질 수 있어. 왜냐? 일단 넌 여자야. 이 건물의 입주자 중 서류상 가장 나이가 많긴 하겠지만 그 남자처럼 볼품없게 생기진 않았지. 너도 봐서 알잖아. 그 남자, 살면서 여자에게 호의적인 관심을 얼마나 받아봤을까? 아들에게 다가가서 동향을 살펴. 아들의 실체를 완전히 까발려서 노인이 믿을 사람은 너밖에 없도록 만들지, 아니면 힘없는 노인을 안심시켜서 그 아들 옆에서 콩고물이나 받아먹을지 결정해. 어쨌든 아들은 분명 이득이 있으니 이런 짓을 하는 거겠지. 그 이득이 뭔지 알아내는 게 뭐가 문제야? 만약 일이 꼬인다면, 살인 및 사체 유기 혐의로 각 잡고 협박하면 될 일이야.

그러니까, 성아정. 너는 한 가지만 머릿속에 새기면 된다니까?

네가 원하는 결과가 나올 때까지만 저 모자의 장단에 함께 춤추면 되는 거야.

그게 힘들어?

네가 지금껏 살기 위해 해온 게 바로 그거잖아?

"어르신."

아정은 속삭였다.

"알겠어요, 어르신 맘. 아드님에게도 아마 무언가, 낳아준 엄마에게는 말하지 못할 사정이 있을지 몰라요. 그게 뭔지 제가 찾아보면서 아드님 계속 설득할

게요. 어머니 잘 보내드리라고요. 사망신고도 잘 하고 번듯한 장례식도 치르고, 동네 분들한테 머리 고기도 대접하면서요."

왜일까. 노인의 얼굴이 수면과 함께 일렁였다. 아마 어느 층에서 발을 심하게 굴렀을 수도 있고, 아니면 부실한 건물 탓일 수도 있었다. 아무리 봐도 서울 시내 모든 빌라가 그러하듯이 공들여 지은 건물은 아니었으니까.

"그니까 제가 도와드려서 잘되면요. 저한테도 어느 정도 대가를 주세요. 저 많은 거 안 바라요. 다만 저도 형편이 좋지 않아서 콩알만치라도 얻으면 감사한 거죠. 무슨 말인지 아시죠?"

아정의 말에 노인이 고개를 끄덕였다.

19

남자에게 접근해 신뢰를 얻는 과정은 놀랍게도 수월했다. 매일 그가 퇴근하는 길에 스타벅스로 납치해서 커피를 사 먹이고 직장 생활의 푸념을 들어주며 고개를 주억거리고, 부실한 내장재를 사이에 두고서는 잠이 들 때까지 메시지를 주고받는 사이로 발전하는 일은 생각보다 아주, 대단히 쉬웠다.

처음부터 상냥하게 대할 걸 그랬나, 싶을 정도로 이상기라는 이름을 가진 그 남자는 술술 자기 이야기를 털어놓았다. 주택 당첨 예비자였던 아정과 달리 한 자릿수 번호를 받은 남자는 가장 먼저 입주했다. 아정처럼 자신의 행운을 믿을 수 없었고, 처음으로 살게 된 투룸은 누가 봐도 신혼부부에게 안성맞춤인 듯 보였다. 저는 서른아홉 평생을 외롭게 살았거든요, 누나, 하고 남자는 말했다.

"친구도 애인도 없는 삶을 살았어요. 하루하루 죽

어라 입에 풀칠만 하느라고 안 해본 일이 없어요. 그렇게 일했는데 손에 남는 거 하나 없더라고요……."

친구도 애인도 없는 삶, 그리고 손에 남은 게 하나 없는 삶. 그건 아정의 경우도 마찬가지였다.

"그런데 집이 생기고 여기서 10년을 살 수 있다고 하니까 갑자기 얼른 가족을 만들고 싶었죠. 남들처럼 차도 사고 싶고 여행도 다니고 싶고 운동도 하며 그렇게 살고 싶은데, 어쨌든 제일 가지고 싶은 건 가족! 가족이었다고요."

외로운 남자가 택한 방법은 동네 중고거래 온라인 앱에 상주하는 것이었다. 인근의 회원들이 모이는 게시판 성격을 띠는 '동네 생활' 탭에 남자의 글은 거의 매일 올라왔다. '간술할 사람 구해요.' 매일같이 술값이 나갔지만 방세가 굳었으니 괜찮다 여겼다. 사람들을 이렇게 많이 만나는 것이 처음이라 신도 났다.

그러나 거기까지였다. 남자가 기대했던 관계의 확장은 일어나지 않았다. 분명 술에 취해서는 흉금을 터놓고 평생을 함께할 것처럼 얼싸안던 이들이, 다음 날 해가 뜨면 더 이상 연락을 받지 않았다. 먼저 연락해서 남자를 설레게 만들었던 형, 누나, 동생들은 죄다 사이비 신도들이었다.

부풀었던 남자의 꿈이 쪼그라드는 데 가장 큰 공을 세운 것이 바로 그 인간관계였다. 왜 나와 더 끈끈해지지 않으려 할까, 라고 자문했을 때 나온 결론은 바로 직업과 소득이었다. 남자의 모임을 통해 파생되는 관계들이 분명히 있었다. 남자도 바보는 아니었기에 다 알았다. 그들의 공통점을 추려보면 답은 뚜렷했다. 괜찮은 직업, 혹은 '사업가'라는 주장에 걸맞은 행색.

"괜찮은 직업은 아무래도 힘들지 않나요, 누님. 누님도 제 나이 되어보셨으니 아시겠지만 이 나이 되면 퇴물이죠. 진짜 구린 회사에도 신입으로는 절대 못 들어가잖아요, 당연히……."

'퇴물이죠. 신입으로는 절대 못 들어가잖아요, 당연히.' 당연하다? 한 번도 회사에 고용된 적 없던 아정에게 남자의 그 말은 별안간 자신의 얼굴에 뒤집어씌워지는 검은 비닐봉지와도 같았다. 그래? 그런 거야? 내 나이가 그래? 아정은 그 말을 듣고 나서야 자신이 동네 허름한 건물에서 일하다 점심시간에 내려와 가장 싼 백반집에서 공사장 인부들에 뒤섞여 밥을 먹는, 이름 모를 코딱지만 한 회사의 근무자들을 업신

여기고 있었단 사실을 비로소 깨달았다. 저 사람들이 하는 일이야 내가 맘만 먹으면 바로 입사해서 해치울 수 있지, 라고 생각해왔단 사실을.

"그런데 정말 마지막이다, 생각하고 올린 모임에서 그 사람을 만났어요."

○

아정은 남자를 먼저 올려보냈다. 취해서 비틀거리는 남자는 누님이 걱정된다고, 꼭 누님이 들어가는 모습을 봐야겠다며 법석을 떨었으나 아정은 남자와 함께인 모양을 엄마에게 들킬 생각이 추호도 없었다. 남자가 하도 떨어지지 않는 바람에 결국엔 편의점 앞에 이르러서 협박을 했다. 나 생리대 사야 돼. 그러니까 들어가. 그러고는 편의점에 들어가서 생리대는 사지 않고, 대신 주머니에 들어갈 정도로 작게 출시된 양주 한 병과 새우깡 한 봉지를 샀다. 취기가 오르면 이게 문제였다. 술도 안주도 무한히 들어갈 것 같은 마음이 들었다.

아정은 편의점 앞 테이블에 앉아서 새우깡 봉지를

뜯은 후 양주병 마개를 열었다.

“그 사람 만나고 나서 처음 안 거예요. 한 번도 내 힘든 얘기를, 내 가족이 얼마나 좆같은지 하소연을 해 본 적이 없다는 걸. 일단 고향 동네에선 당연히 절대 못 했죠, 다들 알면서도 쉬쉬했어요. 모든 집 형편이 비슷하니까. 그리고 다 커서 객지 생활 시작하니까 그런 얘기를 할 만한 사람을 만날 수 없더라고요, 누님. 그니까 그 옛날의 상처들이 완전히 곪아 있던 거예요, 내 안에서.”

아정도 그 마음을 잘 알았다.

“솔직히 저는 아버지 일찍 돌아가셔서 좋았어요. 그 인간, 할 줄 아는 게 가족 패는 것밖에는 없었으니까. 그런데 아버지 돌아가시고 나니 어머니가 그 영혼에 빙의된 것처럼 나를 몰아세우는 거예요. 미쳐버릴 것 같더라고.”

아정은 물었다. 그럼 다시는 고향으로 돌아가지 않겠다는 생각은 안 했어요? 그러나 물으면서도 알았다. 아정 역시 남자와 똑같은 마음으로 고향에 내려가는 버스표를 끊곤 했다.

“자식이잖아요. 이게 내가 할 수 있는 마지막 노력

이다, 진짜 마지막 효도다, 하고 갔다가 진저리를 치며 돌아오고. 그런데 또 몇 달이 지나면 그래도 연락은 해야 하지 않나, 하고 전화를 걸고. 그럼 엄마가 막 우리 아들, 우리 아들, 하고 울잖아요. 그러면 내가 되게 큰 잘못을 저지른 기분이 들어요."

노인과 남자의 증언은 사뭇 달랐으나 아정은 짐작했다. 어쩌면 아정의 엄마 역시 밖에서 아정을 그렇게 말하고 다닐지도 모른다고. 은혜도 모르고 자신의 등골을 빨아먹는 불효녀라 실컷 욕을 할지도 모른다고.

"그런데 그 사람이 나한테는 처음이었어요. 나도 그래, 라는 말을 해준 사람이요. 나는 잘났고 잘나가고 우리 부모님은 나만 믿고 내 부모에게서 꿍쳐놓은 재산이 이만큼 있고, 같은 자랑질이 아니라 나도 내 부모가 밉고 싫었어, 정말 미칠 지경이었지, 라는 말을 해준 사람이 처음이었다고요."

아정은 돌이켰다. 아정의 인생에서도 그런 말을 해준 사람은 교환 일기를 쓰던 그 친구 말고 없었다.

남자는 이사한 지 반년쯤 지났을 때 처음으로 누군가와 동이 트는 시간까지 함께했다. 4차였고, 편의점 앞 테이블이었고, 싸구려 양주와 새우깡이 그 위에 올라가 있었다. 남자는 곧 출근해야 했지만 아무래도 좋았다. 자신을 이토록 완벽히 이해해주는 이를 만난 것도, 마음속으로 자해하게끔 만들었던 그 감정이 나쁜 것이 아님을, 모두가 감추고 있는 보편적인 미움임을 확인받은 것도 처음이었다.

그리고 그 사람은 남은 새우깡을 해치우고서 마침내 남자에게 말했다. 나와 함께 일하자고. 9시에 출근해 6시에 퇴근하는 직장에서 정규직으로 함께. 입사 조건은 단 하나였다. 어머니를, 남자가 그토록 몸서리를 쳐댔던 대상을 서울의 집으로 모셔 온 후 자신이 제공하는 도구들을 이용해 엄마의 몸을 서서히 갉아 없애는 데 동의만 하면 되었다.

20

아정은 동이 틀 즈음이 되어서야 집에 돌아갔다. 엄마는 눈을 시퍼렇게 뜨고 거실에 앉아 있다가 아정이 들어오자마자 풍차처럼 사지를 휘저었다. 미친년, 문란한 년, 제 어미가 죽었는지 살았는지 생각도 안 하는 년.

아정은 대꾸 없이 화장실에 들어갔다. 변기 물이 흡족할 만큼 차 있었다. 집에 들어간 남자가 작업을 하지 않은 모양이었다. 술에 취해서 그대로 고꾸라져 잠들었겠지 싶었다.

노인의 얼굴이 변기 물 위로 어룽지며 서서히 형체를 갖추었다.

"우리 애랑 얘기했죠?"

노인의 물음은 아주 빨랐다.

"뭐라고 대답합디까? 우리 애가 그래도 엄마 생각하는 마음이 커서 조금만 이야기하면 철석같이 알아

듣는데. 자, 어서…….”

그리고 아정은 온 힘을 다해 바삐 움직이는 그 입술을 보면서 공동현관의 비밀번호를 누르는 아정의 손을 붙잡으며 뱉은 남자의 마지막 대사를 떠올렸다.

“누님도 우리 회사 들어와서 일하실래요? 일 어렵지 않아요. 건보료도 직장 가입자라 엄청 싸고 대출도 되고 고정 수입도 들어옵니다. 저는요, 회사 가서 사람 됐어요.”

무엇보다 남자가 마지막에 방점을 찍듯 강조했던 이야기를.

“남들이 점심시간에 먹는 점심이요. 12시에 딱 나가서 남이 해주는 음식점 들어가서는, 안 식은 국물 가장 뜨거울 때 먹고 커피 한 잔 딱 때린 후에 돌아오는 그 맛이요, 누님. 그게 어떤 맛인지 너무 궁금하지 않아요? 어렸을 땐 나도 일확천금 같은 거 꿈꾸고 그랬는데요. 한 서른다섯 넘어가니까 세상에서 그 사람들이 제일 부러워지더라고요.”

처음 봉수 파괴가 일어났을 때 남자가 치른 공사비 이백오십만 원도 회사에서 대주었다고 했다.

“회사에서 시킨 일하다가 생긴 사고니까 회사에

서 책임져준다는 거였죠. 복지 알아요, 복지?"

알다마다. 우리가 바로 그 복지의 수혜자로 만난 이웃 아닌가. 아정은 침을 삼켰다.

"목욕할 때 어머니가…… 아프다고 하진 않았어요?"

아정이 묻자 남자는 우뚝 멈춰 서더니 아정을 향해 고개를 돌리고는 당장이라도 울 것 같은 표정으로 토하듯 물었다.

"누님. 칠십 넘어서까지 살고 싶습니까? 쭈글쭈글해져서 온몸이 다 아프고, 사람들은 지금보다 더 나를 업신여길 텐데 새로 도전할 수 있는 일도 없고 그저 스러지는 것밖에 할 수가 없잖아요. 살고 싶어요? 제대로 움직이지도 않는 몸이랑 세상 변화 못 따라가는 대가리를 이끌고요? 저는 늙은 저를 상상해본 적이 없거든요."

그랬다. 아정 역시도 늙어서까지 살고 싶단 생각은 해본 적이 없었다. 늙은 저를 그려본 적은 있었다. 바로 남자의 어머니, 그 노인을 보면서. 이상하지. 엄마를 보면서는 한 번도 자신과 닮았단 느낌 혹은 자신이 그렇게 될 거란 상상을 해본 적이 없었는데, 노인을 보면서는 가능했다.

아마도 그때 노인이 가여워 보였기 때문이었을 것이다. 노인은 자신을 완벽한 피해자로 표현했고, 아정 역시 언제나 자신을 인생이란 거대한 전장의 피해자로 확신하고 있으니까. 아정 자신의 엄마는, 아정의 입장에서는 약한 사람이 아니었다. 상처를 주는 데 익숙하고, 상처 주는 것을 즐기는 이였다.

남자의 주장대로 사실 노인도 그런 사람이었다면, 그런데 아정을 기만한 것이었다면. 아정은 화가 났다. 그리고 남자는 이어 말했다.

"나를 잘못 키웠다고 갚아주겠단 심보는 절대 아녀요, 누님. 하지만요. 칠십 넘은 나이쯤 되면 누구나 다 아픈 거거든요. 내가 좀 더 민다고 해서 더 아파지고 하는 거 아니에요……. 원래 아픈 거예요, 그 나이에는."

○

아정은 노인에게 대답했다.

"아드님이랑 이야기 많이 했어요. 어르신 말씀대

로 좋은 사람이에요. 배려심도 있고 생각도 깊더라고요. 하긴 그러니까 그때 공사비도 다 내줬겠죠."

아들의 칭찬을 들은 노인의 입은 그에 동조했으나 표정은 그렇지 않았다. 자신이 험담을 했다면 아마 반대였으리라 아정은 생각했다. 입은 자기 아들을 욕하지 말라며 지껄였을 테지만 안도의 표정을 지었을 것이다. 편이 생겨 기뻐했을 것이다.

"일단 한두 번 만난 것 가지고 뭐 크게 달라질 거라 기대는 하지 마셔요. 천천히 설득해야 하는 거니까. 아시죠?"

노인은 고개를 주억거리더니 다시 입을 열었다. 아정에게 대꾸할 기회를 주지 않기로 작심한 듯 말이 끝없이 이어졌다. 주제는 주로 남자의 어린 시절 집이 얼마나 어려웠는지, 그럼에도 자신이 어떤 '뼈를 깎는' 노력으로 아이를 키웠는지에 대한 이야기였다. 그러나 아정의 귀에는 더 이상 그 내용들이 똑바로 들리지 않았다. 그렇게 힘들었다면…… 아무 잘못 없는 애, 자기 의사와는 상관없이 어쩌다 이 세상에 태어났을 뿐인 애에게 더욱 못되게 굴며 쌓인 한을 쏟아부었겠지. 아정은 생각했다. 나는 절대 그런 식으로 행동 안 하거든. 준비되지 않았고 불행한 환경에 있다는 확신이 있을 땐 절대로 자식 낳는 상상 따위 하지 않거든. 그런데 책임감 없이 싸질러놓고서는 책임의 굴레를 씌우고 지옥에 빠뜨린단 말이지. 그러고서는 사랑과 존경까지 요구하는 거야!

"어르신. 어쨌든 제가 노력을 좀 해볼 테니까 가만히 계세요. 너무 보채지 말고."

아정의 말에 노인은 조금 기분이 상한 듯 보였으나 곧 긍정의 답이 흘러나왔다. 아정은 손을 씻고 화장실을 나왔다. 엄마가 거실에 널브러진 아정의 이부자리 위에 웅크린 채 욕실 문을 형형한 눈으로 노려보는 중이었다. 엄마의 입이 다시 열릴 것 같아 아정은 먼저 선수를 쳤다.

"나 취직했어."

아직 남자에게 의사를 밝히진 않았으나 그렇게 이야기했다. 말이라도 먼저 해놓으면 잔뜩 부풀려 굳혀놓은 자신의 의지가 꺾이는 일은 없을 테니까.

21

"세상에. 우리 이 과장이 어디서 어떻게 이런 인재를 알고 모셔 왔을까?"

"이웃이었습니다."

"아이고. 이 과장 빌라 산다고 하지 않았어? 그 빌라에 뭔가 있다, 그치? 기운이 여간 좋은 게 아닌가 보네."

"잘 일해주실 것 같아서 제가 적극적으로 설득했습니다."

"너무 잘했어. 그나저나 우리 성 작가님 직함을 정해야 할 텐데. 성 작가님이 이 과장님보다 한 살 많다고 했지?"

"예."

"그럼 우리 성 작가님 과장 드려도 괜찮을까? 성 작가님 업무는 아예 새로 만드는 건데, 그럼 뉴 팀의 헤드나 마찬가지잖아. 과장 드려도 괜찮지? 질투 안

할 거지?"

사장실에서 나온 아정은 자리를 안내받았다. 지급된 컴퓨터는 새것이었으며 의자는 허먼 밀러였다. 직원들은 대부분 아정보다 조금 어려 보이는 여자들이었는데 수수했으며 동시에 싹싹했다.

"성 과장님 작가시라면서요? 대박이다, 저 작가 처음 봐요. 너무 멋있어."

아정의 옆에서 싱글싱글 웃던 사장이 맞장구쳤다.

"그니까 자기야, 성 과장님 오셔서 우리 회사 이제 확 피어오르는 일만 남았다니까. 우리 성 과장님이 번뜩 반짝 아이디어를 내서 사람을 끌어들여주실 거니까, 응? 우리 회사 화악 커지면 지금 자기들은 다 개국공신인 거야, 알지? 잘되면 내가 자기들 못 본 척할 것 같아? 다 나눠주고 할 테니까 걱정 말고 우리 성 과장님 팍팍 밀어주는 거야. 자기들, 알겠지?"

아정은 '회사'란 것의 일반적인 직급 체계에 대해 전혀 알지 못했다. 몇 년 전 글을 쓰느라 조사한 적이 있긴 했으나 뒤돌아서면 까먹었다. 그러나 어디서도 근무한 경력이 없음에도 자신보다 훨씬 먼저 일하기 시작한 남자와 같은 직급으로 입사하는 게 쉬운 일이 아니란 사실은 알았다.

실버스파클에 입사한 후의 생활은 너무나 좋았다. 걱정이 무색할 정도로. 사장은 아정의 엄마와 동갑내기인 여자였는데 자기 커피뿐 아니라 손님 몫까지 스스로 내렸고, 아정이 입사한 첫날을 제외한 식사 시간엔 알아서 빠져주었다. 그리고 무엇보다 동료들의 말에 따르면, 절대 화를 내지 않는다고 했다.

"저 이런 회사는 실버스파클이 처음이라니까요. 뭐가 처음이었는지 하나하나 읊어볼까요?"

첫날 쭈뼛거리는 아정에게 가장 살갑게 다가온 이는 6개월 차 사원이자, 고객을 직접 유치하고 관리하는 코디네이터 업무 담당 정민지였다. 한국 나이로 스물여덟. 아정과 딱 띠동갑인 정민지는 여기가 다섯 번째 직장이며 자신을 '좃좃소 전문'이라 소개했다.

"첫째, 사원한테 사무실 청소 안 시키는 중소기업은 여기가 처음이에요. 예전 직장에선 모두! 몽땅! 우리가 청소해야 했다고요. 손님들 오실 때마다 일하던 거 내팽개치고는 아주 그냥 무릎 꿇고 싹싹 걸레질하고. 화장실 청소도 다 우리가 했어요."

정민지는 손가락을 몇 개 더 꼽았다.

“그리고 여기 간식 있죠? 간식의 존재 자체도 감동인데 이게 아주 금방금방 채워져요. 무슨 말인지 아세요? 눈치 안 보고 먹을 만큼 먹어도 된다 이거죠. 물티슈랑 화장실 휴지도 항상 스페어가 있다니까요. 너무 좋아. 또 성과급! 성과급이 뭐예요. 저는 그것도 여기 와서 처음 받아봤어요.”

아정은 정민지를 물끄러미 바라보며 생각했다. 내가 마땅하다고 여겼던 게 현실에선 아니었구나.

“그리고 무엇보다…….”

정민지가 아정을 바라보며 방긋 웃었다.

“우리 사장님은 한 입으로 두 말 안 하세요. 말씀하신 건 항상 기억하고, 의견 바꾸실 땐 미안하다고 하시고, 그리고 무엇보다 아까 말씀드렸죠? 소리를 안 지르신다고요.”

○

입사 이튿날 아정은 사장에게서 직접 도구를 받았다. 실버스파클이란 이름에 걸맞게 모두 은색이었으며 길이와 너비가 각각 다른 때수건 몇 장에 각질을 미는 용도로 보이는 꺼끌꺼끌한 도구 두 개, 그리고 크기가 조금씩 다른 면도기 세 개였다. 도구와 면도기를 사장은 작업봉이라 불렀다. 수상한 라벨이 붙은, 작업액이라 불리는 바디워시 한 통도 있었다. 본디 노인들은 수상한 라벨의 바디워시를 어디선가 구해 와서 쓰는 법이다.

거기에 추가된 것은 둥그런 유리병이었다. 딱 시중에 파는 잼 병만 한 크기였다.

"여기 들어가실 수 있을 때까지 깎아드리고 나면 작업 완료인 거야."

사장은 말하며 사장실 구석에 위치한 장을 가리켰다. 병 여러 개가 열을 맞춰 늘어서서 각각 서로 다른 색으로 빛나고 있었다. 마치 과일청을 모아놓은 듯 보였다. 처음 사장실에 들어왔을 때 아정은 그게 무엇인지 전혀 몰랐고 다만 퍽 예쁘단 생각을 했을 뿐이었다.

"처음부터 욕심을 내면 좋지 않아. 천천히, 천천히 아기를 다루듯 보드랍게 씻겨드려. 내가 내 손 안의 부모님을 사랑하는 만큼, 그 사랑이 부모님에게 전달될 만큼 정성스레 오랜 시간을 들여서. 그래야 부모님이 불안해하지 않고 우리 자기 손에 몸을 맡기지. 슬로우 앤 스테디. 무슨 말인지 알지, 성 과장님? 자기는 똑똑하니까."

"아프지는…… 않아요?"

"안 그래. 자기 엔도르핀이란 거 알아? 행복하면 퐁퐁, 솟아 나오는 호르몬. 따라 해봐, 퐁퐁, 퐁……."

아정은 사장의 손이 움직이는 모양을 그대로 따라 했다. 아주 약한 달걀을 가벼이 쥔 것처럼 양손을 둥글린 후, 천천히, 단전에서부터 시작해 관자놀이까지 마치 중력이 작용하지 않는 듯 하늘하늘 올린 뒤 약간의 반동을 줘서, 손가락을 활짝 펴며 퐁, 포포퐁…….

"이 엔도르핀이 진통 효과가 엄청나거든요. 물론 부모님이 그 과정에서 통증 느끼실 일은 전혀 없는데 심지어 엔도르핀까지 나온다 이 말이지. 그러니까 평소에 호소하던 병 있지, 뭐 허리며 머리, 무릎이 아프다, 하시던 것들까지 목욕 덕에 잊게 돼요. 유모차 붙들고 엉금엉금 걸어 다니던 노인네들이 갑자기 벌떡 서는 걸 보면 얼마나 가슴이 뭉클한지 몰라……. 그게 효도지……."

자기도 모르게 아정은 고개를 끄덕였다. 아정의 침실을 혼자 차지하고 나서도 허리 통증이 심해진다고, 잠자리가 부실하다고 호소하는 엄마가 더 이상은 푸념하지 않을 수 있게 된다면 그것만으로도 삶이 훨씬 풍요로워질 게 분명했다. 그리고 저절로 동네의 폐지 줍는 노인들을 떠올렸다. 그 노인들을 보며 아정 자신의 알 수 없는 미래가 주는 공포에 몸서리를 쳐야 했던 순간들도. 그들에게도 젊은 시절이 있었을 테니까, 적어도 아정의 지금보다는 더 소속감이 있었을, 그러니까 월급을 주는 고용주와 서류를 떼면 이름이 나오는 가족 같은 게 있었을 젊은 시절이. 그럼에도 불구하고 그들은 지금 폐지를 주우며 살고 있다. 그렇다면 현재 아무런 소속도 없는 아정은?

일을 잘해야지. 아정은 생각했다. 여기서 일을 잘해야 해.

"그리고 사장님, 이건 딴 얘긴데 사장님께서 말씀하신 자료 만들기 시작했거든요……. 그런데 젊은 층에게 확 가닿을 스토리텔링이 필요할 것 같아서요."

"웬일이니. 난 그런 거 생각도 못 했어. 우리 과장님 역시 다르네. 응, 얼른 더 말해봐요."

○

실버스파클은 지금껏 직원들 혹은 그 지인들만을 대상으로 마치 체험단을 돌리듯 시범 운영을 해왔다. 이제 슬슬 시범 운영을 종료하고 공격적으로 세를 넓혀나가려는 참이었다. 그리고 아정은 새로 단장한 마케팅부의 헤드를 맡았다. 주요 업무는 알음알음 진행되던 사업의 확장을 전면적이고 공격적으로 유도하는 것이었다. 다만 거부감이 일지 않게.

처음엔 자신이 없었다. 부모를 깎아서 버린다는 행위를 어떻게 공개적으로 드러낼 수 있단 말인가? 이상기가 찌꺼기를 변기에 버린 것이 업무상 과실이었단 점도 알게 되었다. 본디 찌꺼기는 일반 쓰레기에 준하여 완전 건조 후 처리하도록 되어 있었다. 그러나 이상기는 종량제봉투를 사는 돈마저 아까웠던 것이다. 듣자 하니 공사비 이백오십만 원을 내주며 "변기에 넣어도 되는지 실험해줘서 고맙다"라고 말한 사장에게 직원들이 모두 한 감동받은 모양이었다.

며칠이고 골머리를 앓았으나 뾰족한 아이디어가 떠오르지 않았다. 일주일쯤 되었을 어느 점심시간에,

과장 직함이 찍힌 사원증을 목에 걸고 사무실 인근에 새로 오픈했다는 파스타집에서 다른 사원들이 추천하는 바질이 들어간 뇨끼를 주문했다. 서로 한배에서 난 형제처럼 메뉴를 나누어 먹고 감탄하며 박수를 쳤다. 그 가운데 아정이 입술을 꾹 다물고서는 고민에 빠져 있으니 주변에서 무슨 일이 있느냐고, 표정이 좋지 않다고 우르르 물었다.

아정은 이야기했다. 숨길 생각은 들지 않았다. 오히려 듣고 싶었다. 저들은 어떤 식으로 설득되어서 이곳에 남아 있을까.

아정의 말을 들은 이들은 모두 웃었다. 웃는 이들의 이에 바질 가루가 잔뜩 끼어 있었고, 아정은 자신이 추해 보일 거라는 걱정을 덜고 제가 멍청한 질문을 한 건가요, 라는 뜻으로 같이 웃어 보였다. 그중 정민지가 가장 먼저 입을 열었다.

“과장님, 어렵게 생각하시면 안 돼요. 그냥요. 내가 지금 무엇 때문에 불행한지 생각하고 그 불행의 원인을 제거할 방도가 무얼까 고민해보면 돼요. 없던 방도를 우리가 만들어주는 거거든요. 그 자리만 긁어줄 수 있으면요, 아무리 돌려 말해도 고객들은 척하면

착 알아들어요."

식사 후 커피를 사 들고 사무실에 들어가며 아정은 이상기를 흘끗 쳐다보았다. 이상기는 이미 식사를 끝낸 지 오래인 듯 자리에 앉아 모니터를 바라보고 있었다. 한때는, 그러니까 일을 시작하기 전에는 이상기를 보며 어깨가 참 보기 싫게 말려 있네, 마치 자기 엄마처럼, 하고 생각했었다. 그게 아니었다. 이상기의 어깨는 마침내 자신의 것이 된 무언가를 놓지 않으려는 집념의 표시였다.

○

실버스파클은 가장 인간적인 효도입니다. "해준 게 없어 미안하다"거나 "내가 나가 죽어야지"처럼 회한에 젖은 부모님들의 판에 박힌 대사, 익숙하지 않나요? '인생은 육십부터'란 말은 얼마나 무책임합니까. 하루가 멀다 하고 고장 나는 몸, 끝없이 치솟는 물가와 바닥나는 예금, 그리고 노인에 대한 멸시의 시선. 그 모든 걸 견디며 30년을 더 버텨야 하는 우리네 부모님은 얼마나 괴로울까요?

실버스파클은 정부 지원 아래 부모님과 아름답게 이별할

기회를 제공하며, 그와 동시에 경제적으로 취약한 청년층에 대한 디딤돌이 될 신개념 서비스입니다.

"그래. 구구절절 쓸 거 없이 이 정도면 좋겠어."

"그런데 전 '경제적으로 취약'이 조금 걸리거든요. 사업 확장을 위해서는 좀 더 크게 생각하는 게 좋지 않을까요. 시범 운영 때는 저처럼 고정적인 수입이 없거나 소득이 낮은 청년을 주 대상으로 했다면 이젠 전 청년층에 어필할 필요도 있을 것 같아서요."

"그래, 과장님 말이 맞지. 사실 지원사업 딸 때 그쪽에서 원한 것도 그거긴 했어. 그런데 나는 아무래도 어렵더라고. 먹고살 만한 사람들, 돈 많은 청년이 굳이 이런 데 관심을 가질까? 난 좀 회의적이야."

"일단 입소문을 타기 시작하면 그쪽이 훨씬 더 잘 굴러갈 거예요. 그들끼리의 커뮤니티가 마련되어 있거든요."

사실 아정도 잘 모르지만 드라마에서 본 것 같았다. 부자끼리의 모임과 정보 공유.

"그건 그렇지. 우리 아파트만 하더라도 평수별로 따로 모임을 해, 세상에."

“소규모로 시범 운영을 해보면 어떨까요. 새로 돌아올 분기 마케팅 방향 잡을 때 도움도 될 것 같고요.”

“좋지. 근데, 그렇게 잘사는 애들이 뭐가 부족해서? 부모의 연금이 탐나는 것도 아닐 테고. 받을 유산도 많을 텐데.”

아정은 대답했다.

“먹힐 거예요, 사장님. 두 가지 이유가 있어요. 하나는 나빠질 부모 자식 관계는 신기하게도 돈과 무관하게 나빠진다는 거예요.”

그랬다. 아정은 자신이 부자가 된다 해도 부모와 좋은 사이는 못 될 거라 확신했다.

“그리고 다른 하나는 가진 사람들이 더 집요하게 욕심을 낸단 사실이고요.”

사장은 한참을 고민했다. 그러나 뾰족한 답은 주지 않았다. 대신 면담을 마무리하고 자리에서 일어나는 아정에게 다른 질문을 던졌다.

“그런데 과장님 어머니는 작업, 아직이셔? 과장님도 얼른 해봐야 남한테 추천하지. 진심에서 우러나오게 말이야, 퐁퐁…….”

22

아정은 같이 목욕하자는 제안에 엄마가 무척 당황할 거라고 생각했다. 남사스럽게 무슨 목욕이니, 저렇게 작은 욕실에서, 얘가 나 대신 무슨 노망이 들었나, 하고 헛웃음을 지을 거라고 예상했고 그래서 그에 대비해 이런저런 말들을 준비해두었다. 정민지는 플랜 A부터 D까지를 세심히 정해주면서도 단언했다.

"과장님, 이거 쓸 일 없을걸요? 제가 장담하는데 부자랑 모녀는요, 성공 가능성이 99퍼센트라고요. 그러니 이 과장님이 진짜 대단한 거죠. 이 과장님이 우리 회사에선 모자 성공 첫 케이스거든요. 처음 성공했을 때 우리 다 사무실에서 기립 박수 쳤어요. 물론 봉수 파괴 일 있고 나서는 좀 위축되긴 하셨지만……."

"그런데 왜 또 변기에 버렸을까요?"

"한 번 시원하게 뚫었기도 했고 작업도 거의 마무리 단계라 나오는 게 별로 없어서 괜찮겠지 싶었대요.

사실은 이 과장님 엄청 혼났어요, 사장님한테. 근데 그 위기를 또 성 과장님 스카우트로 딱 해결하신 거예요. 에이스 클래스가 어디 가나요."

엄마가 아니라 자신이 문제인 것 같아서, 도저히 엄두가 나지 않아서, 아정은 퇴근길에 편의점 맥주 네 캔을 샀다. 그러고는 두 캔을 벌컥벌컥 마셨다. 이상기는 안주 삼으라며 과자를 사 주곤 먼저 떠났다. 아정은 순식간에 비운 두 캔을 바라보다가 퍼뜩 깨달았다. 딱 몇 주 전까지만 하더라도 자신이 이렇게 집 밖에서, 편히 갈 수 있는 화장실이 없는 곳에서 도합 일 리터나 되는 액체를 걱정 없이 들이킬 수 있을 거라고는 상상도 못 했다는 사실을. 징글징글한 인생의 동반자, 오랜 방광염이 어느샌가 슬그머니 자취를 감추었다. 두 캔을 다 마셨는데도 화장실이 걱정되지 않았다.

그와 더불어 아정은 아직 해결되지 않은 봉수 파괴 현상을 떠올렸다. 사장은 아정의 성과가 어느 정도 나기 시작하면 공사비를 지급하겠다고 약속했다.

할 수 있다. 아정은 무거워진 배를 움켜쥐고서는

천천히 편의점을 나서 집으로 향했다. 떨어진 담배꽁초와 침 자국 들로 더러운 거리를 지나고, 규칙에 상관없이 아무렇게나 버린 재활용 쓰레기가 쌓인 빌라 앞을 지나고, 한때는 내가 드디어 엘리베이터 있는 건물에 산다는 감격의 대상이었던, 그러나 지금은 관리가 전혀 되지 않은 바로 그 엘리베이터에 올랐다. 도어록을 누르고 손잡이를 당겼다. 엄마가 아정의 집에 쳐들어온 지 딱 4주째 되는 날이었다.

"나 왔어."

거실 러그 위에서 요가 유튜버의 자세를 따라 하던 엄마가 벌떡 일어섰다.

"엄마 땀이 많이 났네. 운동 오래 했나 봐?"

평소와는 전혀 다른 상냥한 말씨에 엄마가 당황하는 게 느껴졌다.

○

"내가 너를 얼마나 힘들게 낳았는지 아니. 너 전에 유산을 네 번이나 했다. 그래서 너 가졌을 땐 어디도 못 다니고, 회사도 그만두고 반년 동안이나 가만히 누워 있었어, 애 떨어지는데 뭔 회사냐고 네 할머니고 외할머니고 둘 다 지랄을 해싸서. 그때 내 나이가 스물여섯이었어. 그 혈기 왕성한 나이에 반년을 누워 있어 봐, 사람이 미쳐 돌지."

처음 알게 된 사실이었다면 감흥이 있었을 테지만 30년이 넘는 세월 동안 똑같은 말을 수없이 반복해 들었기에 아정은 놀라지 않고 작업액을 타월 위에 짰다. 은은한 레몬 향이 났다. 아정은 타월로 엄마의 몸을 힘주어 문질렀다. 어머 얘, 너무 좋다. 사실은 허리에 다리에 어깨까지 너무 아파서 제대로 못 닦은 지 꽤 됐거든……. 엄마는 신음하며 아정이 시키는 대로 몸을 빙글빙글 돌렸다. 그러고는 중얼거렸다. 이렇게 좋네, 딸자식이 있단 게……. 너무 시원하다, 어쩌면 좋아…….

"등 대."

아정은 엄마의 등을 구석구석 밀면서 속으로 생각했다. 내가 그 회사에 다녀서 얼마나 행운이야, 엄마는. 안 그랬으면 엄마 등 밀어줄 생각은 평생 하지 않았을 텐데.

"어휴, 너무 좋다. 조금 더 하면 안 되나?"

등을 다 밀었을 때 나온 엄마의 말에 아정은 몹시 놀랐다. 정민지가 말한 그대로였다.

"뭐, 그렇게 엄청 살가운 척하지 않아도 돼요. 그래도 이미 충분히 감동하시니까. 그때 딱 면도기 들이밀고 각질 제거도 하자고 말씀하세요. 조금 아플 수도 있다고. 감동하시기 전에 작업봉 먼저 들이대면 좋아할 어머니 없어요. 여자 자존심이 있지. 아무리 딸이라도 각질 허옇게 일어나는 모습 보여주고 싶지 않거든요. 그런데 너무 좋아, 따뜻하네, 조금만 더 하자, 라는 말이 나오면 게임 끝이죠. 갈망이 수치심을 이기는 순간이거든요."

아정은 작업봉을 살폈다. 1, 2, 3 따위의 번호가 붙어 있었다. 그 순서대로 엄마의 몸을, 아정을 낳았으나 아정이 죽도록 미워한 그 단백질과 지방 덩어리를 건드리고, 조금씩 떨어져 나오는 조각들을 대야에 모아 버리면 되는 거였다.

아정은 다시 거품을 잔뜩 내어 엄마 몸에 묻히고 기구를 갖다 대었다. 어머 얘, 시원하다. 엄마가 만족한 듯 소리를 냈다. 두 사람이 들어가기엔 한참 좁은 욕실에서 차가운 벽에 붙어 아정이 시키는 대로 몸을 이리저리 돌리며.

"끔찍해라. 이게 다 내 몸에서 나온 노폐물이라고?"

"어. 아마 몸무게도 꽤 빠졌을걸?"

"웬일이니, 진짜 그렇겠네. 세상에…… 이거 진짜 무겁겠다. 근데 어떻게 버린다니?"

"내가 알아서 할게."

아정은 회사에서 공사비를 받을 때까진 변기에 버릴 생각이었다. 어차피 이상기의 잘못으로 막힌 배관, 아정의 쓰레기를 슬그머니 얹는다 해도 상황은 변하지 않을 테니. 게다가 찌꺼기가 아정의 예상보다 훨씬 많다는 문제도 있었다. 이 축축한 잔해를 종량제봉투에 넣어 내놓았다가 이웃들에게 무슨 의심이라도 받진 않을까 우려스러웠다.

그때 아정의 등 뒤에서 낯선 소리가 들려오기 시작했다. 단단한 무언가가 서로 맞부딪는 소리였다.

탁.

타닥.

아정은 뒤를 돌아보았다. 엄마는 벽에 붙어 있었고 아정은 쪼그려 앉아 엄마의 발뒤꿈치를 천천히 가는 중이었다.

탁.

타닥.

변기 시트였다. 변기의 시트가 위아래로 조금씩 들썩거렸다. 플라스틱과 도기가 만들어내는 소음은 아주 작은 음량이었으나 중요한 것은 아정의 시야에 들어온 얼굴이었고, 더 중요한 것은 변기 속의 노인이 물리적으로 사물을 움직이는 광경을 처음 목격했다는 사실이었다. 노인은 얕게 고인 물에서 안간힘을 다해 튀어 올라와서는 정수리로 변기 시트를 건드려 덜컥대게 하는 중이었다.

"……끝났나, 딸?"

엄마가 말하며 몸을 돌리려 했다. 아정은 다급히 외쳤다. 아냐, 아직 안 끝났어, 그대로 있어! 그러고는 오른쪽 다리를, 인생 최고의 유연성을 발휘해 위로 번쩍 들어 올린 후, 발가락에 변기 커버가 닿는 느낌이 들자마자 서둘러 다시 접었다.

뒤에서 억, 소리가 분명하게 났다. 아마도 노인이 변기 커버에 정수리를 맞았을 터였다. 무슨 소리야? 엄마가 물었고 아정은 대답했다. 어, 내 소리야, 회사에서 밥을 너무 잘 줘서 아직도 트림이 나오네…….

"좋니? 엄마는 집에서 묵은지에 밥 싸 먹고 있는데."

엄마가 못마땅하게 말했다. 아정은 엄마에게 뒤로 돌라고 했고, 엄마는 축 늘어진 살을 그대로 아정의 눈앞에 보였다. 부끄럽지 않은 것 같았다.

"나가서 동네 구경도 하고 국밥도 사 먹고 그래 봐, 집에만 있지 말고."

"웃기네. 나보고 집에서 한 발자국도 나가지 말라 한 게 누군데?"

"……말이 그렇단 거지. 이웃들한테 들키지 말란 얘기였지. 유도리 없어? 누가 보면 내가 엄마 가둔 줄 알겠다."

엄마는 으응, 소리를 내더니 말했다.

"나가면 다 돈인데, 나 돈 없어. 평생을 네 아빠한테 타서 썼잖아. 게다가 아는 사람 하나 없는데 혼자 나가서 뭘 하겠니."

2번 작업봉이 허리 아래쪽을 문지르고 있었다. 묵직해진 작업봉을 털면 툭툭, 대야에 끈끈한 조각들이 쌓였다. 조각들이 상상했던 것보다 훨씬 커서 아정은 조금 두려웠다. 정말 잘못된 일을 하고 있는 것만 같았다. 그러나 엄마는 대야에 쌓인 걸 보더니 흡족해했다. 한 근은 더 빠졌겠네, 하고 웃었다.

"너 그 말할 때 네 아빠랑 꼭 닮아 보이더라. 역시 딸이구나, 싶어."

마지막 번호의 작업봉이 몸을 훑을 즈음에 엄마가 한 말은 조금 상처가 되었다.

"네 아빠가 그랬거든. 내가 언제 널 가뒀냐고. 네가 사근사근하지도 않고 능력도 없으니 집에만 갇혀 있는 거면서 나한테 책임지라는 거 아니냐고. 너 비슷하다, 그게, 네 아빠랑."

그러고서 엄마는 아휴 시원하다, 라고 말하며 뺏뺏한 수건으로 몸을 닦았다.

23

센터의 직원에게서 전화가 걸려 온 것은 아정이 엄마와 목욕을 여섯 번쯤 한 후였다.

"고객님, 아래층에서 민원이 들어와서요."

"무슨……?"

"변기 물이 저절로 내려간다고요. 봉수 파괴 현상이라고 하는데요. 그게 위층 문제일 가능성이 크다고 하더라고요. 그래서 점검차 방문드리려고 합니다."

아정은 눈앞을 노려보았다.

"저희 집도 그 현상 일어나요. 몇 달 전에도 그랬고요. 그땐 센터에서 아무것도 안 해주던데."

"아 그러셨어요, 고객님."

"이번엔 왜 조사하는 건데요? 불공평하게."

"고객님 죄송합니다. 하지만 고객님도 지금 불편을 느끼고 계시기 때문에 점검이 필요하지 않을까요?"

"저도 지금 피해를 받고 있다고요. 그럼 위층 문제

아니에요?"

"전 세대에 걸쳐 방문 조사를 할 예정입니다, 고객님."

"싫다면요?"

어머 고객님! 직원이 외쳤다.

"그럼 변기가 오작동하는 대로 사시겠단 뜻인데요. 고객님 댁뿐 아니라 다른 세대도 마찬가지로요."

"말씀드렸잖아요. 불공평하다고요. 그리고 위층 잘못이라고요."

"그럼 협조가 어렵단 말씀이실까요? 하지만 고객님, 아래층 피해가 아주 큰 상황에서 비협조적으로 나오신다면 그 말씀을 아래층 고객님께 전할 수밖에 없습니다. 센터로서는 최선을 다했는데 어려웠다고 상황을 설명드려야 할 테니까요."

직원은 이어 쐐기를 박았다.

"그리고 실례지만 그 신고 건 말인데요. 고객님께서는 이미 허위 신고 1건이 기록되어 있으시네요. 혹시 윗집 고객님과 감정적으로 문제가 있으신 걸까요? 고객님, 저희 연간 평가가 있단 사실을 잊지는 않으셨지요? 같은 건물 입주자 중에서 허위로 신고까지 하신 분은 아직 한 분도 없어서요."

아정은 엄지손가락으로 볼륨 버튼을 꾹 눌러 음량을 최소한으로 줄이며 대꾸했다.

"그런 감정 없어요."

"다행입니다. 혹시라도 조사를 거부하면 아랫집에서 고객님께 나쁜 점수를 주실까 우려된다는 점도 추가로 알려드려요."

○

301호의 봉수 파괴는 분명 아정만의 잘못이 아니었다. 아정은 작업을 그다지 많이 하지 않았을뿐더러, 분명히 이상기가 버린 노인의 조각들도 배관에 덕지덕지 붙어 있을 터였다. 그러니 사장이 약속한 공사비를 지금 쓰기는 아까웠다. 게다가 공사를 하고 나면 그때부턴 꼼짝없이 엄마의 찌꺼기를 종량제봉투에 버려야 했다.

그러나 가만히 두면 센터에서 점검을 나올 것이고 엄마의 존재를 들킬 게 분명했다. 엄마는 윗집 노인처럼 숨으라 한다고 숨어주는 이가 아니니까.

어쩔 수 없이 하루빨리 회사에 괄목할 만한 성과를 낸 후 공사비를 받아내는 수밖에 없었다. 센터에서 그놈의 점검이란 걸 나오기 전에.

아정은 화장실로 향했다. 인간 개개인의 업보가 한곳에 쌓여 커다란 심판을 받는 종교 경전의 한 페이지처럼, 501호의 것으로 그리고 401호의 것으로 점점 막혀갈 공동 배관을 상상했다. 그래서 내가 잘못하는 것인가, 라고 자문한다면 그건 절대 아니었다. 아정은 잘하고 있었다. 회사에 들어가고, 능력을 인정받고, 엄마를 행복하게 만들고 있었다. 방광염도 나았고, 술도 덜 마시고, 돈은 더 벌었다.

가진 사람들이 더 집요하게 욕심을 낸다.

아정은 아직 구상 단계인 새 사업 방향을, 사장이 주저하던 자신의 제안을 떠올렸다. 생각해보겠단 말 이후 지금까지 별다른 언질이 없었다. 두려운 걸까? 회의하는 걸까? 그러고 보니 아무래도 안이했단 자각이 들었다. 자신의 제안이 효과적이란 증명을 해냈어야 하는데.

다른 직원들과 달리 아정에게는 새로운 케이스를 유입시키는 영업 업무가 떨어지지 않았다. "작가 선생님한테 어떻게 그런 걸 시켜." 사장은 웃으며 말했고 아정은 자못 민망하면서도 조금은 뭉클했다. 그러나 다시 생각해보니 아니었다. 일에 귀천이 어디 있는가. 사장의 배려가 자신의 성장을 가로막고 있는 것이나 다름없었다. 남들이 야전에서 구르며 유의미한 성과를 내고 있을 때 아정은 책상물림이나 하고 있는 형국이었다.

물론 용기를 내기는 힘들었다. 그러나 주먹을 말아 쥐었다. 직접 성공 사례를 만들어내고, 그 성과로 공사비를 받아낼 요량이었다.

내 이백오십만 원…….

아정은 중얼거렸고 그 순간 누군가가 떠올랐다.

24

아정은 유복하고 화목해 보이는 집의 맹점을 노린다는 새로운 방향을 직접 시험하기 시작했다. 대상은 아정의 초중고 동창들이었다. 아정은 가끔 만나는, 화장실에서 아정의 험담을 하던 그 무리를 제외하고 동창들을 만나지 않았으나 SNS로는 모두가 연결되어 있었다. 아정은 허리를 잔뜩 구부린 채 사무실에서 몇 시간씩 스크롤을 내리고 메시지를 보냈다. 이른바 '좋은 아파트'에 사는 동창 중 한 사람만 걸린다면, 그 성공 사례를 들이밀며 사장에게 공사비 조의 보너스 이백오십만 원을 지원받을 수 있을 것이었다. 가만히 앉아만 있을 때가 아니었다.

얘가 이렇게 잘살고 있다니. 메시지를 보내면서 아정은 몇 번이고 치를 떨었다. 촌스러운 공붓벌레였던 아정을 무시했던 아이들, 지나가며 괜히 툭툭 건드리거나 아정이 발표를 할 때마다 낄낄거리며 비웃던 아이들 대부분이 시집을 가서는 아이를 낳고 필라테스를 하고 호캉스를 가고 글루텐 프리 식단을 업로드했다.

아정은 그 아이들이 교실에서 부모를 욕하며 내뱉던 '씨이발'의 억양을 기억했다. 어떻게 저토록 공개적으로 부모를 욕할 수 있을까. 충격과 의구심이 샘솟았던 일들도. 그래서 가장 먼저 메시지를 보낸 대상도 그 당시, 그러니까 20여 년 전에 '씨이발'을 가장 많이 뱉던 여자애였다. 그 애는 소아과 의사와 결혼해 강남역 근처의 아파트에 살고 있었다.

서래마을의 한 카페에서 만난 그 애는 아정의 제안을 덥석 물었다. 심지어 아정의 설명을 듣는 얼굴이 제법 진지했다. 초기 투자 비용은 작업봉과 작업액을 구매하는 금액과 소정의 가입비뿐이며 이후 업체에 내야 할 수수료는 부모의 이름으로 지급될 각종 연금의 0.5퍼센트에 불과하다는 사실에는 반색했다.

"솔직히 나 영끌해서 이 아파트 산 거거든. 이자 내느라 진짜 돌아버릴 지경이었는데 죽으란 법은 없구나 싶다. 마음이 뻥 뚫리네, 웬일이야."

아정은 그 애의 핸드백과 자동차 키를 물끄러미

바라보았다.

"근데 가입비가 조금 비싸긴 하다 야."

"아무래도 아무나 가입시킬 수 없는 서비스니까."

아정이 대답했다. 하긴, 하고 동창이 고개를 끄덕였다.

"쓰레기 처리하는 게 좀 일이긴 하네. 쓰레기는 다 아줌마가 해주는데, 뭐라고 설명하지 그걸? 뭐 물론 아줌마가 여기저기 말하고 다니는 사람은 아니지만 사람 일이 혹시 모르잖아."

"어……. 근데 이거 정부 지원도 받는 사업이라서 걱정할 건 없어."

"그래도. 이웃들 눈초리가 무서워, 이런 아파트는. 솔직히 어디서 대놓고 광고할 만한 건 또 아니잖아. 우리나라 정서란 게 있는데. 그러니까 너도 이렇게 방판 다니는 거 아냐?"

아정은 말을 잃었다. 그 애는 한참 턱을 두드리며 중얼거렸다. 이럴 줄 알았으면 조선족 이모 계속 쓸 걸 그랬어. 그런데 아휴, 아무래도 불안해서 내가 맘대로 집을 비울 수가 없겠더라고…….

그리고 아정은 생각했다. 사업을 다양한 소득층으

로 확장하기 위해서는 쓰레기 처리 업체와의 협업 역시 필요하다고 사장에게 보고해야겠구나. 그건 가입 시 추가 옵션으로 달면 되겠지. 오히려 좋을 수도 있다. 거기서 이윤을 더 뽑을 수 있을 테니까.

아정은 몇 가지 안내사항을 더 늘어놓았다. 새 회원을 소개하면 이십만 원을 환급해준다는 안내에 그 애는 신이 나서 말했다.

"우리 아파트에 투자 스터디가 있거든. 거기서 내가 홍보해도 돼? 맨날 정보 받아먹기만 해서 민망하단 말이야."

"사람들 눈치 보인다고 하지 않았어?"

"그거야 아가리로만 성인군자인 사람들 얘기고."

그 애는 머리를 쓸어 넘겼다.

"우리 모임 사람들은 다 되게 좋은 분들이거든. 뭐, 내가 쓸 만한 홍보물 같은 거 혹시 있어? 영상이 제일 좋고. 핵심 짚어서 설명해주는."

○

"저 진짜 감동했잖아요. 우리 사장님 뒤에 숨어서

사원들 방패막이로 내세우는 분이 아닌 줄은 당연히 알았는데 영상 출연까지 오케이하실 줄……."

"저도 상담할 때 그거 보여줬는데 고객 반응이 딱 성 과장님 기획안대로여서 깜짝 놀랐다니까요? 어떤 분은 대놓고 말씀하시더라고요. 젊은 사람이 이런 사업 한다고 하면 반감이 클 텐데 부모님 또래가 직접 나와 홍보하니까 이게 자기 부모님 인생에 꼭 필요한 서비스란 확신이 바로 생긴다고요."

"진짜 작가라는 분들은 다른가 봐요, 인간에 대한 통찰이……. 대본도 물론 너무 좋았고요."

아정은 테이블에 앉아 점심을 기다리며 떠드는 직원들에게 미소만 지을 뿐이었다. 아정이 친구의 말에 힌트를 얻어 기획, 제작한 영상은 제대로 먹혀들었다. 가만히 앉아만 있어도 웃음 나는 날들이 이어졌으나 잘난 척을 해서 공연한 미움을 사고 싶진 않았다. 다행히 직원들은 지치지도 않고 아정을 치켜올려주었다. 그게 진심인지 아니면 아정이 사장 라인을 제대로 타서인지는 몰랐으나 아정은 즐기기로 했다. 통장에 꽂히는 월급이, 눈앞에서 살아 움직이는 사람들에게서 받는 인정이 다디달았으니까.

공사비 문제도 수월히 해결했다. 아정은 직접 301호에 내려갔다. 아정보다 작고 훨씬 어린 여자가 고양이 세 마리와 함께 사는 집이었다. 자신을 대학생이라고 소개한 여자에게 아정은 정중히 말했다. 나도 봉수 파괴로 고통받고 있으니 분명 501호 과실일 것이다. 나도 센터에 하자 신고를 한 바 있으나 금방 처리해주겠다는 대답과는 다르게 몇 달을 질질 끌어 아직까지 해결된 게 없다. 너무 괴로워 내 돈 내고 공사하려 한다. 그러니 센터에 한 하자 신고는 취소하고 넘어가자. 어차피 301호도 연간 평가 생각하셔야 하지 않느냐. 그러자 301호 여자는 말했다.

"저야 공사해주시면 좋죠. 그런데 잘못한 사람은요? 그럼 501호는 아무 책임도 안 지고 벌도 안 받는 거잖아요? 저는 그게 억울해서요."

그렇겠지. 아정은 수긍하는 표정으로 말했다.

"501호한테는 제가 말할게요. 그리고 벌이라……. 연간 평가 몇 달 안 남지 않았어요? 저는 예비자라 중간에 들어오긴 했지만, 최초 입주한 시점부터 1년은 다 되어가는 것 같은데."

"맞아요. 근데 연간 평가에서 제가 나쁜 점수 준다

고 뭐가 달라질까요? 그냥 형식적인 거 아닐까요?”

“글쎄요. 이 건물 가구 수가 겨우 열여섯이에요. 우리 둘이 나쁜 점수를 매기면 꽤 튀지 않을까요?”

301호는 며칠 후 하자 신고를 취소했다. 사장은 공사비를 웃도는 금액을 입금했다. 이게 복지지. 아정은 토요일로 배관 청소를 예약하며 전생처럼 느껴지는 어느 날 들었던 이상기의 말을 따라서 중얼거렸다. 이게 바로 복지지.

○

뭐가 들어 있는지 영 모르겠네요. 음식물 쓰레기도 아니고 물티슈나 뭐 다른 이물질도 아닌 것이……. 업체 사람들은 몇 달 전 아정이 들었던 것과 똑같은 말을 늘어놓았고 아정은 옆에 서서 청소 과정을 지켜보는 301호 대학생과 함께 속삭였다.

“대체 뭘 버린 걸까요?”

“몰라요. 벌써 두 번째인데 저는…….”

“501호에 누가 사는지 아세요?”

“남자분이에요. 30대 후반.”

"혼자요?"

"아마 그런 것 같아요."

"세상에. 무서워서 항의하러도 못 가겠다. 대체 혼자 뭘 하고 뭘 버린 걸까요?"

"전문가들도 처음 보는 거라고 모르겠다잖아요."

"아, 뭔가 소름 돋아……."

대학생은 진저리를 쳤다. 아정은 손을 들어 대학생의 등을 아주 가볍게 두 번 두들겼다. 이제 아정의 변기에도 물이 제대로 차오르겠지. 물 없이 악취 나는 변기를 감내하며 산 지 벌써 몇 주째인가. 처음과 다르게 버틸 수 있었던 이유는 아무래도 직장 생활을 했기 때문이었다. 9시부터 6시까지는 밖에서 지냈으니까. 물론 엄마가 계속해서 변기에 대한 불평을 늘어놓으며 아정을 들들 볶았으나 그 목소리는 점점 작아졌다. 그랬다. 엄마는 지금 확연히 약해지고 있었다. 엄마 살 진짜 많이 빠졌네, 우리 옷이라도 사러 나갈까, 라는 아정의 물음에는 됐어, 옷은 무슨, 힘이 없어, 병원이나 가고 싶다, 라고 대꾸했다. 그 말에 아정은 노인용 영양제를 주문해주었다. 그 정도는 이제 충분히 해줄 수 있었다.

공사를 마친 작업자들은 301호와 401호의 변기가 정상 작동하는 장면을 순서대로 확인했다. 대학생은 화장실 변기 앞에서 목돈을 아무렇지 않게 송금하는 아정을 보고서 연신 허리를 숙였다.

"너무 감사해요……. 저 혼자 사는 게 처음이라서 겁도 엄청 많고 그런데 좋은 분이 이웃이라 진짜 너무 다행이에요."

"같이 잘 지내봐요."

"집이 진짜 깔끔해요. 401호 님도 혼자 사시는 거예요?"

"예, 뭐. 살다 보니 그렇게 됐네요."

아정이 대답했다. 안방에 있는 엄마는 아정의 으름장대로 아무 소리도 내지 않고 있었다. 협조가 아주 잘 되는 중이었다. 엄마도 이곳에서 쫓겨나고 싶지는 않을 터였다. 더는 갈 곳이 없으니.

저 애에게 나는 아주 훌륭한 이웃이겠지. 허리를 굽혀 신발을 꿰어 신는 대학생의 등을 쳐다보며 아정은 슬그머니 미소를 지었다. 이타적이고 매너 있는, 멸종 위기의 이웃이 바로 나야. 아정은 대학생이 어딘가에 미담을 포스팅하는 상상을 했다. 모두가 경탄할 것이다. 잘만 하면 여기저기 퍼질지도 모른다. 기사나 방송에서 찾을지도. 인터뷰에 응할 의향도 있었다. 원래 도시의 미담은 그 희소성만큼이나 상품성이 있고, 은근슬쩍 실버스파클을 영업할 수 있을지도 몰랐다.

그러나 대학생은 신발을 다 신고 허리를 펴더니 모든 방에 다 들릴 듯 커다란 목소리로 대뜸 외쳤다.

"와 근데 신발…… 220도 신고 250도 신으시나 봐요? 개신기하다!"

그 말을 듣자마자 요도가 따끔거리더니 거대한 요의가 들이닥쳤다.

몇 달 만의 재발이었다.

25

그날 자정부터 변기 시트가 미친 듯 덜컥거렸다. 공사 후 잘 차오른 봉수 덕에 변기 속 노인이 큰 힘을 쓰지 않아도 쉽게 튀어 올라 시트를 건드릴 수 있었기 때문이었다. 아정은 잠옷 바지를 입은 채로 시트를 깔고 앉았다. 엄마를 깨우지 않으려면 그 방법밖에는 없었다.

노인은 몇 시간 동안 지치지도 않고 분노에 찬 저주를 쏟아내며 아정의 엉덩이를 쿡쿡 찔렀다. 찌를 때마다 축축하고 끈적이는 덩어리들이 잠옷에 하나씩 붙었다. 그게 무언지 상상하고 싶지 않았으나 안타깝게도 상상은 아정의 장기이자 직업병이었다.

"아무것도."

노인의 목소리가 엉덩이 아래에서 울렸다.

"아가씨는 아무것도 해주지 않았어, 나를 위해서. 해주겠다고 했으면서. 그렇게 이 불쌍한 노인네를 농락하고 이토록 비참하게 내버려두고……."

"조용히 좀 하실래요?"

아정은 속삭이며 이를 악물었다. 이 야밤에 잠도 못 자고 화장실에 앉아 있다. 대가도 없이 부탁하는 주제에 노인은 어쩜 저렇게 뻔뻔할까. 도저히 이해할 수가 없었다. 처음부터 잘해주지 말았어야 했다. 라면 같은 건 끓여주지도 말았어야 했다.

"얼마나 오래 기다렸는데. 오늘은 오겠지, 오늘은 아들에게 말해주겠지, 오늘은 경찰에 신고하겠지, 오늘은 저 현관문이 열리고 아들이 아닌 다른 사람이 들어와 나를 찾아주겠지."

아정은 고개를 저었다.

"언제는 아들 욕하지 말라면서요. 그럼 제가 할 수 있는 일이 뭐가 있는데요. 그래요. 아드님이랑 대화 많이 했어요. 근데 어르신도 잘한 건 없던데요?"

아래에서 물거품이 이는 소리가 들렸다. 그러나 아정은 노인에게 질 생각이 없었다. 그래서 쐐기를 박았다.

"아드님은 어르신을 사랑하지 않아요. 아니 아드님은요, 어르신을 증오해요. 일생을 한번 찬찬히 돌아보세요. 왜 증오할까? 이유가 있겠죠. 그걸 겸허하게 받아들여보세요. 어르신이 아니었다면 아드님이 더 나은 삶을 살지 않았을까, 생각해보시라고요. 아드님의 평생을 어르신이 망친 건 아닐까요? 어르신이 부모여서 아드님은 억울하지 않을까요?"

머리가 지끈지끈 아프고 눈앞이 흐려졌다. 그리고 역겨웠다. 뿌린 대로 거두고 있으면서, 잘못한 대로 벌을 받고 있으면서 제삼자가 해결해주리라 믿어 의심치 않을뿐더러 마치 고용주처럼 따지고 드는 노인의 욕심과 집념이. 왜 난데? 아정은 자문했다. 왜 나한테 이러는데?

"……그렇게 나온다 이거지."

노인은 한 수 위였다.

"3층 아가씨에게 가겠어."

그 말에 아정은 벌떡 일어서서 변기 쪽으로 몸을 돌렸다. 물속에 잠긴 노인이 두 눈을 부라렸다.

"미쳤어요?"

"그 아가씨에게 말해보지, 뭐. 4층에 늙은이가 살고 있는데 어떻게 생각하느냐고."

"웃기지 말아요. 변기에서 나온 사람이 하는 말을 퍽이나 믿겠네요."

아정은 급하게 대꾸했다.

"그리고 3층 개, 저한테 함부로 못 해요. 제가 돈 다 내줘서. 은혜는 갚아야지."

당연한 일이었다. 이백오십만 원이 누구 집 개새끼 이름은 아니니까.

그러나 노인은 웃음을 터뜨렸다. 끈끈한 몸을 이리저리 움직이며 마치 창가를 부르는 이처럼 넋두리를 했다.

"사람이 은혜를 안다면 이런 짓은 하지 않겠지."

그러곤 다시 중얼거렸다.

"낳아 키워준 은혜도 모르는데 돈 내준 은혜를 알까."

알까아아아아, 하고 노인이 목청을 틔우더니 곧 절규하기 시작했다. 젠장! 아정이 벌떡 일어나 커버까지 완전히 덮고 다시 주저앉았으나 노인의 목소리는 커버를 뚫고 타일 벽에 부딪히며 왕왕 울렸다. 아정은 급히 욕실 수납장에 있는 드라이기를 꺼내 틀었다. 간밤에 절규하는 이웃보단 머리를 말리는 이웃이 덜 야만적일 테니.

"내가 그 아가씨를 모를 거라 생각해?"

희한한 창극을 뽑던 노인이 내뱉었다.

"내 몸이 그 집 배관까지 내려가 있었으니 나는 잘 알아. 그 아가씨가 윗집을 어떻게 생각하고 어떤 의심을 품는지, 그리고 그 아가씨가 얼마나 일을 잘 벌이는 사람인지. 아가씨 어머니가 그치한테 도움을 줄 거고. 아가씨도 변기에 참 많이 버렸어, 그렇지? 어머니가 나처럼 되기까지 그렇게 많은 날이 남지 않았다고. 아가씨가 계산했을지는 모르겠지만. 어머니가 아가씨를 용서할 거 같아? 내 보기엔 그런 성격은 아닌 거 같던데 그 여편네도."

아정은 욕실 밖으로 나왔다. 굳게 닫힌 침실 문을 바라보았다. 안에서 엄마의 코 고는 소리가 들려왔다. 몸집이 작아져서인지 이전보다 확실히 조용했다. 그러고 보니 엄마가 서울에 올라온 이후 대체 어떤 생각을 하고 있는지 얼굴을 맞대고 물은 적이 없었다. 아정이 회사에 다니고 나서는 낮 동안을 어떻게 보내는지도 몰랐다. 관심이 없었다. 그저 바깥출입을 최대한 자제하라는 아정의 말을 아주 잘 듣고 있다는 식으로 엄마가 밤마다 시위하는 소리를 들었을 뿐이었다. 잠이 너무 안 온다, 안 움직여서 잠이 안 와. 엄마는 그렇게 중얼거리며 아정이 사 온 커다란 담금주용 소주병을 열었다. 부엌에 선 채 씹을 거리 하나 없이 소주 석 잔을 연거푸 털어 넣고서는 발을 질질 끌며 아정의 침실로 들어가 문을 닫곤 했다.

아정이 아는 한, 변기 밖의 엄마가 노인의 말을 믿게 될 리는 없었다. 비명을 지르며 뛰쳐나와 당장에 아정에게 전화해서는 욕을 퍼붓고 무당이든 신부든 목사든 찾기 시작한다면 또 모를까. 그러나 만약 변기 안에 퇴적된 엄마의 조각들이 지금의 노인처럼 생명력을 얻게 된다면 적어도 변기 안의 엄마는 아정에게 무한한 배신감을 가지게 될 터였다.

그때부터 엄마는 아정의 인생을 망가뜨리려 들지 않을까. 아정이 당신의 노년을 절대 책임져주지 않을 거란 사실이 확연해진다면.

아정은 거실에 누웠다. 회사 카톡방 알림이 계속해서 핸드폰 화면에 떠올랐다. 아정이 고급 아파트 단지를 뚫은 이후 직원들은 앞다투어 그쪽을 공략했다. 다들 애사심이 어찌나 깊은지 새벽 3시가 넘은 시각에도 담당 고객들의 현황을 보고하곤 했다. 강남송파

서초구 건의 메시지에는 사장이 즉시 답글도 달아놓았다. 대체 언제 자는 건지, 잠은 자는 건지 의심스러울 정도로 사장의 피드백은 항상 빨랐다.

모든 게 다 아정의 입지를 든든하게 만드는 요소들이었다. 연소득이 높을수록 작업 속도가 빨랐고 미입금 가능성도 제일 낮았다. 미입금 시 출동하는 위탁관리 업체, 그러니까 세간의 표현으로는 용역을 쓸 일도 없었다. 그러한 고소득층을 처음 공략한 사람이 아정이었고 그 사실을 사장은 자주 입에 올렸다. 한순간도 서운해할 여지를 주지 않겠다는 듯.

그러나 안심할 수는 없었다. 최근 들어 이상기가 조금씩 위태로워 보이는 게 그 이유였다. 이상기는 초창기 멤버이자 사장의 표현대로 개국공신이었으며 무엇보다 아정을 스카우트한 사람이었다. 그러나 회의 시간에 사장으로부터 농 섞인 질타를 받는 일이 잦아졌는데 그 이유는, 이상기가 남보다 세 배가 넘는 기간이 지났음에도 불구하고 아직도 자신의 작업을 완료하지 못했기 때문이었다.

“본인도 마무리 못 한 일을 어떻게 남에게 홍보하겠어, 자기야.”

사장의 핀잔은 점점 드세졌다.

"아님 우리 이 과장님이 설마 다른 꿍꿍이를 품은 걸까."

이상기처럼 늦어져서는 안 되었다. 그러나 엄마의 찌꺼기가 뭉쳐 살아 움직이기 시작하는 상황은 절대로 맞닥뜨리고 싶지 않았다. 아직 이 집을 벗어날 수도 없었다. 제아무리 소속이 생겼다 하더라도 월급은 딱 중소기업 수준이었으며 아정에겐 보증금 할 목돈이 없었으니까.

26

아정은 이상기가 노인을 세탁기에 숨겼다던 이야기를 기억했다. 어느 정도 부피여야 거기 구겨져 들어갈 수 있을까. 엄마를 보며 대강 눈대중을 했다. 얼마 남지 않은 듯 보였다. 그때 노인의 조각들은 이미 변기 속에서 생명력을 얻은 후였으니, 엄마도 곧 딸의 혹은 아래층 대학생의 엉덩이를 보며 소리를 지르기 시작할지 모를 일이었다.

일단 작업하고 변기에 버리는 양을 줄였으나 불안했다. 이상기의 위치로 떨어지고 싶지는 않았다. 회사를 그만둘 수는 없었다. 무엇보다 작가 성아정은 마감을 제대로 지키지 않아 일거리를 여럿 잃은 후였다. 출판사들이 썩둑썩둑 아정과의 관계를 잘라낼 때는 화가 치밀기도 했다. 자기들이 몇 달씩 체납한 금액이 얼만데, 체납이 일상이었던 그땐 메일에 대충 쓴 사과 한 줄로 모든 상황을 갈무리했으면서……. 그 돈을 못

받은 사람이 얼마나 벼랑 끝에 몰릴지는 헤아리려 들지도 않았으면서……. 그러나 실버스파클 덕분에 아정은 구차하게 매달리지 않았다. 가끔은 그들의 잘못을 낱낱이 꼬집는 장문의 메일을 보내며 이별을 고하기도 했다. 회사 덕분에, 사장 덕분에. 그렇다. 실버스파클은 놀랍게도 프리랜서 작가로서 아정이 마지막까지 지키고 싶었던 그 자존심을 굳건히 보호해주었다. 그러므로 아정은 마케팅팀 과장이라는 소속에 최선을 다해야 했다. 이상기가 말하지 않았던가. 이젠 그 어디에도 신입으로 들어갈 수 없는 나이라고.

"얘. 낮에 누가 벨을 엄청 누르더라."

엄마가 벽을 보고 선 채 말했다. 등을 문지르던 아정이 우뚝 멈추었다. 거품이 팔뚝 위를 흘러 팔꿈치에 맺혔다.

"설마, 대답했어?"

아정은 자기도 모르게 대뜸 묻고는 자신의 목소리가 얼마나 날카로웠는지 깨닫고서 몸을 잘게 떨었다.

"네가 시킨 대로 가만히 있었지. 숨도 안 쉬고. 여자애던데? 목소리가 아주 어려. 그런데 그러는 거야.

어르신 여기 계신 거 다 아니까 숨지 말라고, 나와서 얘기 좀 하자고, 안 그럼 센터에 신고하겠다고."

이젠 소리 지르지 않을 도리가 없었다.

"그래서, 열었어?"

"왜 소리를 치니……."

엄마가 작은 목소리로 중얼거렸다. 그러더니 입을 꾹 다물었다. 아정은 기다렸다. 1초, 2초, 3초. 그러나 엄마는 뒷말을 덧붙이지 않았다. 열었구나. 아정은 엄마의 화법을 잘 알았다. 자신이 잘못했다는 확신이 들면 그 순간부터 묵비권을 행사하는 버릇을. 아빠가 엄마를 때릴 때 가장 많이 했던 말도 그거였다. 말을 해, 말을! 씨발 말을 하라고! 잘했든 잘못했든 보고를 하라고! 씨발! 잘못했으면 말하라고, 미안하다고, 잘못했다고!

그리고 엄마는 고통을 무음으로 견디는 행위를 참회와 속죄라 여겼다.

아정은 샤워기를 틀었다. 찬물을 엄마에게 끼얹었다. 엄마가 몸을 부르르 떨었다. 소리는 내지 않았다. 정말로 잘못했구나. 아정은 그 모습을 보며 확신했다. 그러자 분노가 치밀어 올랐다. 왜 저 사람이 내 엄마지. 왜 저 사람은 하필이면 지금 내 주위를 서성이며 내 팔자를 망치려 드는 거지. 왜 저 사람은 내 말을 안 듣고서 멋대로 판단하고 행동하여 모든 걸 엉망으로 만들지. 그렇게 주워섬기고 나자 눈물이 솟아올랐다. 볼이 뜨거웠고 심장이 벌렁벌렁 뛰었다. 온몸이 벌게졌다. 더워서 부채질을 하며 아정은 울었다. 그리고 작아진 엄마의 몸을 향해 찬물을 계속 쏘아댔다. 그러나 소리는 지르지 않았다. 화장실은 방음이 잘 안 되는 공간이니까. 작업봉으로 살을 깎는 과정을 잊은 채 바로 거품을 씻어버리는 실수를 자각했을 때는 이미 수건으로 엄마의 몸을 훔친 다음이었다.

시간만 실컷 낭비한 꼴이었다. 아정은 씩씩거리며 엄마를 노려보았다. 꼴도 보기 싫기도 했고, 실제로 엄마가 계속 목소리를 가진다면 위험할 가능성이 컸다. 작업 속도를 높이거나 고향에 돌려보내야 했다.

일단은 고향에 보내는 게 가장 빠른 방법일 터였다. 작업을 끝내지 못했으니 회사에는 조금 마이너스가 될 테지만, 이상기도 아직 미적거리고 있지 않은가. 그의 존재가 아정에게는 보험이었다.

○

퇴근길, 정류장에서 버스를 기다리며 아정은 아빠에게 전화를 걸었다. 아정이 먼저 전화를 건 것은 2년 만이었다. 아정은 한 번도 아빠를 용서한 적이 없었고 언제나 절연을 꿈꾸었으나 끝내 이루지 못했다. 전화하지 않는 것 정도가 자신이 할 수 있는 최대한의 복수였다. 아주 하찮은. 그 원칙만은 절대 깨지 않겠다고 누차 다짐했었고 어떤 욕을 먹어도 지켜냈다. 그러나 이젠 어쩔 수 없었다. 집에 눌러앉은 엄마를 아빠가 데리고 내려가게끔 만들어야 했으니까.

그러나 아빠는 뜻밖에도 되물었다. 이혼이 무슨 소리냐고.

“엄마가 그랬어. 아빠가 이혼하자고 그랬다고. 현동이가 아빠 재산 물려받으려고 이간질해서 아빠가 엄마 쫓아냈다고. 갈 데 없어서 서울로 올라왔다고 그랬단 말이야.”

그러자 아빠는 소리쳤다.

“정신 나간 여편네 무슨 헛소리를 하는 거야. 현동이는 웬 현동이. 그 여편네 이제 거짓말까지 아주 멋대로 하네. 편지 한 장 달랑 써놓고서 집 나간 게 몇 달째다. 내가 하루에도 수십 번씩 전화하는데 한 통도 받지를 않어."

"여기 와서 지내는 거 알았어?"

"두 년 다 말을 안 하는데 뭘 어떻게 아냐?"

"신고는?"

"동네 쪽팔려서 신고는 무슨……."

그렇지. 도저히 들어맞지 않아 끙끙 앓던 퍼즐 조각이 공정 과정에서부터 잘못된 모양으로 만들어졌다는 사실을 비로소 알게 된 기분이었다. 밥 한 그릇 스스로 뜰 줄 모르는 아빠가 공짜로 부릴 수 있는 식모를 버리다니 말도 안 되는 일이었다. 집안 사정을 아정도 빤히 아는데 쥐똥만 한 재산을 노리고 젊은 부부가 식모를 자처한다는 것 또한 말이 안 되는 일이었다.

그러니까 아정의 엄마는 쫓겨나서 어쩔 수 없이 아정에게 신세를 진 것이 아니었다. 그저 가당찮게도 더 편안한 삶을 위해 거짓말을 해가며 아정의 침실을 차지했고, 아정이 기저귀를 차게 만들었고, 노인에게 협박을 당하게 만들었으며, 무엇보다 낳아준 부모를 서서히 소멸시킨다는 대단히 수상쩍은 일에 손을 대게끔 만든 것이다. 그저 자신의 욕심 때문에. 집을 벗어나고 싶다는 혹은 남편에게서 멀어지고 싶다는 혹은 작은 동네와 오지랖 넓은 이웃들이 지긋지긋해져서. 의도가 무엇이든 중요한 것은 극히 이기적인 엄마가 아정에게 대단히 큰 해를 끼치고 있다는 사실이었다.

아정은 아무렇게나 얼버무리며 통화를 마무리하고는 손에 든 핸드폰으로 머리를 마구 내리쳤다. 내가 어떻게 되든 엄마는 하나도 중요하지 않은 거다. 아정은 생각했다. 아니, 내가 망하기를 바랐는지도 모른다. 그러면 나를 과녁 삼아 끝없는 험담을 퍼부으며 자신의 불행한 처지를 합리화할 수 있으니까…….

아니, 그렇게까지 복잡하게 생각했을까, 내 엄마가? 아니야, 그냥 아빠가 꼴 보기 싫고 밥도 하기 싫고 청소도 하기 싫고 서울에선 살아보고 싶으니 딸이 어떤 상황인지, 이곳 규칙이 어떤지는 고려하지 않고 그냥 휴가를 온 거지. 호캉스 가는 것처럼…….

그렇게 내 일상을 망가뜨린 거야. 내가 이 집을 잃을까 두려움에 떠는 동안.

아정은 엄마를 설득해 돌려보낼 생각을 접었다.

빨리 작업을 끝내고 싶은 마음뿐이었다. 어떻게 하면 빠르게 끝낼 수 있는지 지금 당장 알고 싶었고, 답을 줄 수 있는 대상이 근처에 있었다. 아직 집으로 향하는 버스를 타지 않았을 것이었다.

아정은 단 한 명을 제외하고 모두가 정시 퇴근한 어둑한 사무실로 다시 발을 돌렸다. 모니터에서 눈을 뗀 이상기가 의아한 표정으로 아정을 바라보았다. 모니터에는 온갖 네이버 카페 브라우저가 몇십 개 떠 있었다. 이상기가 카페에 홍보 글을 올리고 신고와 강퇴당하길 반복한다는 사실은 이미 모두 알고 있는 바였다. 그 애타는 마음을 아정은 모르지 않았다. 어떤 곳에도 더는 신입으로 취직할 수 없는 사람들의 절박함이란 그런 거였다.

"이 과장님."

아정이 이상기를 불렀다.

"저 궁금한 게 있는데요."

27

"왕도야 하나뿐이죠. 작업을 자주, 오래 하는 거. 그거 외엔 없어요."

교과서적인 대답에 아정은 되물었다.

"그럼 과장님은 일부러 느리게 하시는 거예요?"

이상기는 열다섯 개 정도 띄워놓은 네이버 카페들에 한 자 한 자 가입 인사를 적으며 대답했다.

"일부러일 수가 있나요. 저도 능력 있다고 인정받는 거 좋아해요."

"근데 왜?"

"처음에는 변기 막힐까 봐 천천히 한 게 맞아요. 특히 한 번 막히고 나서는 더더욱 그랬고요."

"쓰레기로는 왜 안 버려요? 종량제 얼마 한다고."

"말려야 되잖아요."

이상기는 바삐 움직이던 손가락을 서서히 멈추더니 아정 쪽을 바라보았다.

"일반 쓰레기는 버리기 전에 물기를 최대한 빼고 건조해야 하잖아요. 누님은 어떻게 건조해요? 거실에 늘어놔요? 난 못 해요. 흉하잖아요. 내 소중한 집에서 어떻게 그래. 그래서 천천히 했던 거예요."

아정 자신도 변기에 집어넣고 있었기에 답할 거리가 없어서 대신 물었다.

"이제 어느 정도 진행된 상태인데요?"

"잘 접으면 삼단 우산 정도 돼요. 말은 하는 것 같은데 들리지가 않아요. 목소리가 너무 작은 건지."

"상기 씨…… 지금 울어요?"

"아뇨. 아니에요. 저 알러지가 있어서요. 먼지 알러지……."

웃기시네. 아정은 이상기의 일그러진 얼굴을 바라보았다. 다양한 각도로 무너지는 이목구비를. 변기 물에 처박힌 자기 엄마의 것보다 축축해지는 얼굴을.

"모르겠어요, 누님. 제가 진짜 막막할 때마다 엄마가 마지막 보루였거든요? 무조건 내 편 들어주고 돈도 어떻게든 끌어다가 메꿔주고. 그런데 이제 엄마가 말을 못 하잖아요. 그럼 내 편은 누가 들어주지. 없는 거예요. 정말 아무도. 엄마 목소리를 못 듣게 되니까 바보처럼 그제야 알겠는 거예요. 이제 나 완전히 혼자라는 걸."

아정은 그때껏 말하지 않았던 변기 속 사정을 이상기에게 털어놓았다. 아마 이상기의 표정 때문이었을 것이다. 그런데 뜻밖에도 자신의 엄마가 아정의 변기에 출몰한단 초현실을 이상기는 쉽게 받아들였다. 역시나 실버스파클의 개국공신다웠다. 왜 안 놀라요? 묻자 이상기는 대답했다.

"놀랄 게 뭐 있어요? 그럼 설마 이런 짓을 하면서 원한도 안 살 거라고 생각했어요? 아니, 그 전에 우린 부모 몸을 깎아 없앤다는 걸 쉽게 이해했잖아요. 그런 사람들이었다고요, 우리가."

그렇게 말하면서 백팩을 챙겨 일어섰다. 어깨끈이 반쯤 찢어져 수명이 얼마 남지 않아 보이는 낡은 가방이었다.

"누님 집에 가도 돼요? 마무리하는 거 도와줄게요. 백지장도 맞들면 나은 법인데."

예상치 못한 도움의 손길이었다. 아마도 엄마를 보고 싶은가 보다고 아정은 짐작했다. 조금 슬프고 많이 우스웠다.

"와서 엄마도 만나고요."

아정은 아무 생각 없이 뱉고 나서 이상기의 표정을 보고 섣부른 농담이었음을 시인했다.

빠른 손길로 도어록을 해제하고 문을 열었을 때 엄마는 거실에서 벌거벗은 채로 신발장에 설치된 전신 거울에 몸을 비춰보는 중이었다. 아정은 우뚝 멈추었다. 곧이어 들어오는 이상기를 막을 여유는 없었다. 이상기는 급히 밖으로 나서려 했으나 큼직한 백팩이 문틈에 걸려 닫히지 않았다.

엄마의 얼굴이 아정을 향했다. 당혹에서 경악으로 그리고 분노로, 표정의 색조가 천천히 변했다. 아정은 그 변화를 잘 알았다. 그건 아빠의 것이었다. 얻어맞던 아빠는 엄마를 때렸고, 얻어맞은 엄마는 아정을 때렸다. 그들은 그걸 상처받은 어른의 어쩔 수 없는 유산이라 주장했다. 하지만 그 행위들은 비자발적이고 괴로운 도돌이표가 아니었다. 몹시 강한 능동성과 의지를 곁들인 계승에 가까웠다. 아빠는 자신의 부모를 그리고 엄마는 자신의 남편을 사사했다.

나는 그러지 않았다……라고 아정은 확신했다. 그리고 선수를 쳤다. 엄마가 할 게 분명한 말을 먼저 뱉었다.

"미쳤어? 짐승이야?"

엄마가 소리를 지르기 시작했다. 아마도 이상기를 처음 봤을 때 질러야 했던 비명이리라. 적잖이 당황하여 뇌까지 도달이 늦은 모양이었다. 아정은 달려들어 엄마를 뒤에서 단단히 옭아맨 후 손바닥으로 입을 막았다. 이미 수십 차례의 목욕을 거친 엄마의 몸은 힘이 없고 얄팍했다.

그러나 손톱은 날렵했다. 엄마는 손을 단단히 편 채 이리저리 휘저었다. 아정의 얼굴이며 목, 맨팔 따위가 기다란 손톱의 공격을 받았다. 한 번은 눈을 찔릴 뻔했다. 때마침 눈을 감지 않았으면 정말 큰일이 났을지도 몰랐다.

왜 나를 돕지 않지. 도어록 닫히는 소리가 들리지 않았으니 현관문을 등과 엉덩이로 지탱하고 서서는 이 난장판을 지켜보고 있을 게 분명했다. 아정은 이상기가 서 있는 쪽을 흘끗 보았다. 이상기는 두 손으로 얼굴을 가리고 있었다. 못 볼 꼴을 본 사람처럼, 거리를 두고 멀리 떨어져서 섭섭하게끔. 그리고 손이 떨어지자 우는 표정이 드러났다. 뻔뻔하게.

"뭐 해요!"

아정은 소리쳤다.

"와서 도우라고!"

○

"……아파요."

"아파야 소독되죠. 근데 어떻게 집에 대일밴드 하나 없을 수가 있어요?"

아정은 러그 위에 철퍼덕 앉아서 이상기의 손가락이 얼굴을 건드릴 때마다 끙끙 앓는 소리를 냈다. 이상기의 몸은 땀으로 푹 젖어 있었다.

"작업을 이렇게 필사적으로 한 건 처음이에요. 우리 엄마 할 때도 이렇게까지 치열하게는 안 했는데."

둘은 힘을 합해 소리 지르는 엄마를 욕실로 몰아넣었다. 급히 작업봉들을 꺼내고 그 위에 작업액을 흥건하게 짜냈다. 이상기가 엄마의 입을 막고 사지를 붙들고 있는 동안 아정은 허겁지겁 엄마의 몸을 문질렀다. 거품이 뚝뚝 아정의 팔로, 무릎으로, 그리고 바닥으로 떨어졌다. 거품의 양이 많아지고 문지르는 세기와 속도가 더해질수록 엄마의 비명은 점점 작아졌다. 그러나 아무래도 욕실의 방음이 엉망이란 사실을 잘 알기에 아정은 걱정이 되었다. 그리고 생각했다. 성대도 빨리 작업해버릴 수 있으면 얼마나 좋을까. 당장 성대를 빡빡 문질러 티끌만 하게 만들어버릴 수 있다면 안락한 내 집에서의 고요한 삶에 아주 조금은 더 가까워질 것 같은데. 상처받지 않을 텐데.

"근데 지금까지 찌꺼기는 어떻게 건조해서 버린 거예요?"

이상기가 물었다. 꽤나 날카로운 질문이었다. 자신 역시 변기에 몰래 버린다는 걸 들키고 싶지 않은 아정이 대야에 찌꺼기를 고스란히 담았으나, 건조할 방도를 알 리가 없었으므로 그대로 화장실 한구석에 방치해둔 상태였다.

"제가 들어보니까 저거 빨리 건조 안 하면 냄새 엄청 나고 벌레 꼬인다는데요."

아정도 익히 들어 아는 사실이었다. 실버스파클의 직원들은 점심 때마다 건조를 빨리, 잘 시키는 팁을 나누곤 했다. 아정은 신입 티를 내며 듣기만 했다.

다행히 이상기는 답을 기다리지 않고 바로 말을 이었다.

"저희 엄마…… 어때요? 많이 화나셨어요?"

저희. 아정은 이상기를 물끄러미 바라보며 별생각 없이 예의를 차리기 위해 썼을 그 수식어가 자신을 두들기는 걸 느꼈다. 그래, 우리 엄마들은 어떨까? 노년에 이르러 깎여 변기에 고이고 있는 그 단백질 덩어리들은?

엄마를 떠올리면 감상에 빠질 것 같아 아정은 노인을 생각했다. 이상기와 아정이 힘을 합쳐 엄마의 몸을 밀어대는 난리 통에도 얼굴 한번 비추지 않던 노인을. 가해자인 이상기의 변기에는 절대 나타나지 않고 지금껏 아정만을 괴롭혀온 노인을.

이유가 무얼까. 아정은 짐작했다. 만만한 것이다. 혼자 사는 여자라서, 성격이 무르며 이 나이 먹도록 실수를 쉬이 저지르는 유형이라서, 노인이 그랬던 것처럼 아정 역시도 엄마와의 동거라는 약점을 가지고 있어서, 그래서 만만해 보였던 것이다. 그리고 잘못 꿴 단추의 시작은 아마도, 역시나, 그 라면이었던 것 같았다.

그런 짓을 하면 안 됐다. 어쭙잖은 동정심 같은 거 표현해서는 안 됐다. 그러고 보니 노인들은 다 그랬다. 문명인으로서의 사고가 결여되어 있었다. 팬티 차림의 그 남자처럼 서로의 안전거리를 침범하지 않는 것이 기본이란 사실을 깔아뭉개려 들었다.

돌이켜보니 화가 났다. 그러므로 이상기도 자기 어머니가 얼마나 이상한 사람인지 알아야 한다고 아정은 생각했다.

"이 과장님 어머님도 참 너무해요. 제 앞에만 나타나시잖아요. 맨날 협박하세요. 뭐, 저희 엄마 앞에 나타나겠다, 아니면 301호 여자를 꾀어서 복수하겠다, 이런 식으로. 어르신이 이 과장님 앞에는 나타난 적 없잖아요?"

"네. 물론 엄마가 이런 식으로 활개 치고 다닐 사람이란 걸 모르지는 않았지만……."

아정은 한숨을 쉬었다. 10년. 10년간 이 집에서 망령과 함께 살아야 한다. 아정은 냉장고에서 소주병을 꺼내 왔다. 잔이 하나밖에 없어서 우왕좌왕했더니 이상기가 물컵을 내밀며 말했다. 반땡하죠. 그렇게 물컵에 반을 따르고 아정은 병의 주둥이를 쥐었다. 안주로는 쉬어버린 김치와 라면이 있었다. 그리고 아정의 엄마가 상경하며 자신의 끼니를 위해 챙겨 온 무장아찌 정도.

이상기는 한숨을 쉴 때마다 몇 모금씩 마셨고, 술이 떨어질 때마다 나가서는 손에 잡히는 대로 몇 병씩을 더 사 왔다.

28

이 과장님.

예.

우린 참 불쌍한 것 같아요.

맞아요, 참 가엽죠. 으.

우리가 왜 가여운 것 같아요?

이 나이 먹고서도 천둥벌거숭이라서?

좀 더 자세히 설명해봐요.

음, 저희 어머니가 스물다섯에 절 낳으셨거든요?

네에.

그러니까 지금 제 나이에 엄마는 중2짜리를 키우는 어른이었던 거죠. 딱 스물네 살 차이니까 서른아홉이랑 열다섯.

와우, 중2 장난 아니지.

바로 그거예요. 지금은 내가 아주 우스워 보일 수 있겠지만 중2 땐 나름 잘나갔거든요. 나 이길 애들 없었다고요.

근데 그런 애들 고등학교 가서 키 안 크면 다 찌리 되지 않나?

맞아요. 진짜 힘들더라고요. 그래서 되지도 않는 거 알면서 난리를 피웠고 맨날 여기저기 불려 다녔고 엄마도 당연히 학교를 들락날락했어요.

불효자였네.

솔직히 아직도 그때 일들에 죄책감은 없거든요? 우리 엄마도 나한테 지은 죄가 가볍진 않아서. 타의로 세상에 태어난 애를 그렇게 모질게 고문해서는 안 됐거든요. 그런데 나이 드니까 자꾸 미치겠는 거죠.

뭐가?

나한테 있는 게 하나도 없잖아요. 그 엄마보다도 내가 이룬 게 없잖아요.

엄마 이겨서 뭐 어떡하게요.

엄마를 죽어라 이기고 싶단 생각 한 번도 해본 적 없어요? 엄마의 말이 틀린 것으로 밝혀질 때마다 조금은 기쁘지 않았어요?

무슨 말 하는지 잘 모르겠어요.

예를 하나 들어볼까요? 저요. 열아홉 살 때인가,

이유 없는 통증에 시달린 적이 있어요. 전신을 바늘로 찌르는 것같이 아팠는데 병원에서 숱한 검사를 받아도 다 정상이라고 그랬죠. 그런데 그때 엄마가 어디 기도를 하러 가자는 거예요. 거기서 기도하면 아픈 사람들이 다 씻은 듯 낫는다나. 그러면서 걷지도 못하는 나를 억지로 질질 끌고 충남 어디에 있는 무슨 산으로 데리고 갔어요.

계룡산인가.

몰라요. 거기에 돈을 얼마나 꼬라박았는지도 몰라요. 근데 저 원래 그런 거 진짜 혐오하거든요. 나이 든 아줌마들 돈 빨아먹는 사기꾼들 있잖아요. 무당이며 무슨 암자며 보살이며 퇴마 사제 같은 것들. 공부는 못했지만 저도 나름 현대적인 인간이라고요. 엄마한테 끌려가긴 했는데 가서는 아주 개판 쳤죠. 몇 박 며칠 동안 합숙하면서 기도하는 곳이었는데 내가 하도 훼방을 놓아서 사람들한테 욕이란 욕은 다 먹었어요.

왜 그랬어요. 나도 안 믿긴 하지만 거기서 그래봤자 누가 정신 차린다고. 이미 거기 갔단 사실로 선을 넘어버린 건데.

엄마가 죄송하다면서 여기저기 굽신대고 다니니

까 더 열불이 나더라고요. 그리고 통증은 하나도 나아지지 않았으니까, 엄마가 헛소문에 홀린 게 맞잖아요? 그래서 전 더 날뛰었죠. 기뻤어요. 세 치 혀만 가진 사기꾼들한테 엄마가 속았단 게 좋았어요. 당분간은 아픔이 절대 가시지 않기를 바랐고요. 잠을 못 잘 정도로 힘들었지만 그래도 엄마의 주장이 사실로 밝혀지는 것보다는 내가 괴로운 쪽이 나았어요. 대체 왜 그런 마음이 들었는지, 그건 좀 최근에서야 알았어요.

왜요?

……내 불행이 너무 여러 겹이거든요. 하나를 걷어내서 해결된다면 참 좋을 텐데 그게 아니었어요. 그러니까 만약 제게 불행이 그 통증뿐이었다면 저는 통증이 사라지길 간절히 바랐을 거예요. 그것만 걷어내면 행복해지니까. 하지만 레이어가 너무 많아. 걷어내도 걷어내도 다 불행이야. 그러니 각 레이어에 지속적으로 명확한 원인이 있어야 해요. 안 그럼 내가 죽을 지경이 되니까요. 그런데 왠지 안 보이잖아요. 왠지 없잖아요. 원인이 되는, 내가 탓을 할 수 있는 사람이. 딱 한 구석을 제외하면요.

구석이요?

엄마요. 엄마를 탓할 수는 있죠. 날 그딴 식으로 낳아서 그딴 식으로 키웠으니 당연히 벌을 받아야지. 그렇지 않아요? 다른 여자가 날 낳아 키웠더라면 내 삶이 훨씬 양질의 것이었겠다는 확신이 들지 않아요?

아빠는요? 아빠를 탓하지는 않았어요?

아버지는 아무것도 안 했는데요, 뭐. 저 크는 내내 그렇게 아파도 아무것도 안 했는 걸요.

근데 아빠는 안 미워요?

일찍 죽어서 미워할 기회도 안 주더라고요.

……좋겠네.

네?

아녜요, 다른 생각 했어요. 그런데 지금은 건강 괜찮잖아요, 상기 씨. 회사도 다니고.

그렇죠, 지금은 괜찮죠. 맞아요. 시간이 지나면서 자연적으로 나았어요. 짜증 나게.

왜 짜증이 나요?

엄마가 그때 그 기도 덕분이라고 자꾸만 우기니까. 그러는 누님은 다른 집에서 태어났으면 훨씬 행복했을 거란 상상 안 해요?

하죠, 왜 안 하겠어요.

그런데 왜 저를 그런 눈으로 바라보세요?

어떤 눈?

분필로 선을 긋는 옆자리 애의 눈이요.

아니다. 아정은 선을 그으려던 게 아니라 그를 저절로 업신여기고 또 두려워하는 모습을 스스로에게 들킬까 두려워했던 것이다.

저 사람은 나와 비슷한 삶을 살고 있어, 라고 말하면서도 실은 제발 아니었으면, 하고 실체도 모르는 하늘에 대고 빌던 그 우스운 꼴을 인정해야 하는 날이 올까 봐서.

'중위소득 100퍼센트?'

동생이 볼륨을 0으로 줄인 채 내뱉던 그 말, 온몸을 휘감고 있는 빳빳한 천 같은 그 말을 잘라내고 싶으나 그렇다 할 방법이 없어서, 그 선 안의 쌍둥이들을 밀어내고 자신에게서 멀리 떨어뜨리면 성아정이란 개인이 서 있는 구역은 '평범'해지겠지, 하고 믿은 것이었다.

그 안에서 아정 자신은 계속 그렇게 살아야 할 테

니까 같이 존재하고 싶지 않은 이들을 쫓아냈다. 아마 아정의 속에 똬리를 틀고 있는 가장 깊숙한 생각을 꺼내어 활자로 구체화해본다면 이와 같을 터였다.

나는 너희처럼 실패해서 여기 있는 게 아니야. 나는 예술가라 여기 있는 거야. 나는 이 빈곤을 스스로 선택했어. 그게 너희와는 다른 점이야.

○

누님. 저는 머니빌에 대해서도 자주 생각해요. 머니빌은 얼마나 억울할까? 이 건물에도 혼 같은 게 있는 거야. 혼이 있어가지고요, 그래서 우리를 개무시하는 거죠.

뭐요?

머니빌요. 원래 일반인이 돈 내고 올린 빌라잖아요. 근데 나라에서 전세로 빌려서는 사람 뽑아서 다시 빌려주는 거잖아요, 싸게.

그렇죠.

머니빌 입장에서 한번 생각을 해봐요. 머니빌 이놈은 태어날 때 꽤 큰 꿈을 가지고 있었을 거란 말이죠. 세상에, 이 얼마나 드높은 가치를 가진 놈이에요. 몸값이 어마어마하다고요. 아마 이놈은 돈 투자해서 자길 만든 창조주한테 효도하겠다고 다짐 또 다짐했을지도 몰라요. 한국에서 태어난 놈이면 충분히 그렇게 세뇌당하고도 남았겠지! 그렇지 않아요?

……과장님.

그런데 씨발. 갑자기 나라에서 날 헐값에 사버리더니 아니, 산 것도 아니고 빌리더니 능력도 안 되는 빈곤층들을 안에다 몰아넣어버렸네? 그놈들이 10년이나 내 안에서 산다네? 다른 신축 빌라에는 일어나지 않은 일이 하필 나한테 벌어졌네? 그 새끼들은 10년간 몸값 올리면서 떵떵거릴 게 분명하죠, 서울인데. 서울은 언제나 팽창한다고요. 그런데 나는 그러지 못하게 꽉 묶인 거죠. 그럼 화가 나요, 안 나요?

건물은 건물일뿐이잖아요. 무생물이잖아요. 과장님 상상력이 되게 풍부하시구나…….

생각해봐요. 우리 주차 차단기 옆에 쓰레기 버리는 곳. 씨발 존나 더럽죠. 재활용 쓰레기를 봉지에 넣어서 버리란 소릴 아주 똥구멍으로 듣는 거야. 내가 이 동네 다른 빌라며 주택들 다 살펴봤는데 딱 머니빌만 그래요. 돈도 없고 염치도 없고 배려심도 없는 거야. 아니 돈이 없으니 염치도 없고 배려심도 없는 거겠죠.

맞아요, 쓰레기 버리는 방법 너무 어렵지. 변기에 버리면 편하고…….

누님 지금 내가 변기에 쓰레기 넣었다고 욕하는 거구나.

아니에요. 이해해. 오해야.

아냐 맞아요. 내가 트리거였을 수도 있겠네. 어쨌든 머니빌 입장에서는 이 구제 불능 거렁뱅이들이 혐오스러워 미칠 지경이었을 텐데, 심지어 변기에 똥도 휴지도 아닌 걸 넣고 내려버리니 꼭지가 도는 거죠. 그리고 뭐, 우리나라 시공업자들이 빌라를 만들어봤자 얼마나 양심적으로 만들었겠어요? 설계가 엉망진창이었겠지. 머니빌 입장에서 생각해봐요. 어쩌다 태어났는데 위장 건강이 엉망인 상태라고 상상해보라고요. 맨날 위산 역류하고 위 아파 데굴데굴 구르고 변비 아니면 물똥이다 쳐봐요. 분노가 생기나 안 생기나. 그럼 자격도 양심도 없이 여기 들어앉은 거머리들을 박멸하겠단 의지를 불태우지 않을까요. 만약 내가 머니빌이라면 나는 그럴 거거든요. 내가 회충이라고 생각하겠죠. 약을 먹든 어떻게든 해서 똥으로 싸내려고 노력할 거야. 그래서 엄마를 그렇게 만들어냈을지도 몰라요. 근데 뭣도 모르는 우리 엄마는 그게 또 기회라고 생각해서…….

뭐야, 갑자기 왜 울어요.

근데 왜 살아 있을 때처럼 굴지 않고 남한테 가요. 집안 사정 같은 거 절대 남한텐 얘기 안 하고 잘사는 척했으면서 지금은 왜 그래요. 깽판 치려면 나한테 와야지 왜 남의 집에 가냐고요. 진짜 짜증 나…….

여기 휴지요.

내가 질 거 같아요? 그런다고 해서 내가, 어? 내가 용서할 거 같아요? 난 엄마 절대 용서 못 해. 못 한다고요. 못 한다고.

29

아정을 깨운 것은 현관문을 거세게 두드리는 소리였다. 머리가 깨질 듯 아팠고 몸을 조금만 움직여도 속이 울렁였다. 누군지는 몰라도 그냥 좀 가지……. 간절히 원했으나 현관문 밖의 사람은 지쳐 떠날 생각이 전혀 없어 보였다. 멀쩡한 초인종 놔두고 왜 원시적으로 저 지랄이야. 아정은 투덜거리며 두 팔을 다리 삼아 엉금엉금 기다시피 이동했다. 잠겨 있는 침실 문을 열고 거실로 나왔다. 거실에는 이상기가 소파 베드를 다 펴지도 않은 채 드러누워 요란하게 코를 고는 중이었다. 앉은뱅이 상 위에는 온갖 편의점 안주가 가득했다. 대부분은 절반도 먹지 않았다. 플라스틱 용기 위에 기름이 허옇게 굳어 있었다.

"누구세요?"

다시 울리는 노크 소리에 아정이 소리를 높여 물었다. 경이로운 이상기는 눈을 꾹 감은 채 깨어나지 않았다. 혹은 깨어나지 않은 척하고 있었다.

문 바깥에서 남자의 목소리가 대답했다.

"성아정 고객님, 국민거주지원센터 강서본부입니다. 문 좀 열어주시겠어요?"

○

모르는 남자들이 우르르 아정의 집으로 들어왔다. 아정과 이상기의 신발만 덩그러니 있던 현관에 신발들이 가득 찼다. 회색 양말과 검은 양말과 발가락 양말 들이 바닥 위를 어지럽게 돌아다녔다. 아무 소리도 내지 못하고 눈만 휘둥그레 뜬 채 그 모습을 지켜보는 아정에게, 센터 이름이 적힌 점퍼를 입은 남자 하나가 명함을 내밀었다.

"고객님 호수에 대한 신고가 하룻밤 새 열 건이 넘게 들어와서요. 물론 저희도 매뉴얼이 있긴 하지만 이렇게 신고가 한 번에 몰아 들어온 건 처음이라 긴급하게 사태 파악을 위해 올 수밖에 없었네요. 좀 이해해주시고요……."

이상했다. 분명 엄마의 몸을 갉아낸 것은 자신이

었는데, 자는 동안 누가 작업봉을 이용해 아정의 성대를 똑 떼어 간 것만 같았다. 할 말은 많은데 아무 말도 입에 올릴 수 없었다. 당신들 경찰이냐, 이런 식으로 예고도 없이 들이닥치는 건 주거침입이 아니냐, 싼값에 사는 사람에겐 이따위로 행동해도 되는 거냐, 내가 신고했을 땐 아무것도 하지 않았으면서 그리고 무엇보다 나에겐 아무 잘못이 없는데 왜 남들 말만 듣고 이러는 것이냐, 뭐 그들은 교양 있는 이웃인 줄 아느냐, 자기 집 앞의 눈도 치울 줄 모르는 사람들이다, 주차 차단기 옆의 쓰레기 더미를 보았느냐, 그런 사람들이다…….

직원은 아정의 어깨 너머를 빤히 건너다보았다. 소파 베드 위에 이상기가 있었다. 아래에는 전기요가 깔려 있었는데 퍽이나 더웠는지 이상기는 웃통을 벗은 상태였다. 아직도 술이 덜 깼는지 아니면 전기요 탓에 열이 잔뜩 올랐는지 볼품없이 물렁물렁한 상체가 온통 벌겠다.

“401호는 고객님 한 분만 거주하시는 걸로 되어 있는데요. 저 뒤에 계신 분은 어떤…….”

직원이 말했다. 다행히 그 말에는 대답할 수 있었

다. 아, 직장 동료예요, 동료.

"아아, 예. 직장 동료……."

직원이 중얼거렸다.

"오늘 하루만 주무시고 나가시는 거겠죠?"

"그럼요. 그러잖아도 지금 당장 나가려던 참이었는데……."

"동료분이랑 술자리 가지는 거야 저희가 뭐라 제재할 건 아니지만, 하필 어제 청년 임대 주택 실태 관련해서 기획 기사가 크게 나왔거든요. 나랏돈으로 일도 안 하고 방탕하게 산다는……. 그래서 윗분들 심기가 영 불편한 참에 때마침 신고가 우르르 들어오니 본보기를 보이라는 거죠. 쫓아내라고요!"

귓바퀴에 뭔가 축축한 것이 닿았다. 바짝 다가온 직원의 입 안쪽 살이었다. 아정이 잘게 몸서리를 치며 몸을 뒤로 물렸다. 직원은 아무것도 모른다는 듯, 아무 일도 없었다는 듯 천진한 얼굴로 아정을 응시했다. 그러더니 천천히 침이 가득 고인 입을 열어 외쳤다.

"수단과 방법을 가리지 말고!"

참으로 신비한 일이었다. 청년주택지원사업이란 초유의 프로젝트가 과연 제대로 지원할 만한 사람에게 가닿았는가, 라는 평가를 금배지 다신 분들이 하필 지금 시행하려 한다는 것은.

아정은 처음 계약서를 쓰던 당시 그런 조항에 체크를 했었다. '센터 자체적으로 시행하는 실태 조사에 동의합니다.' 물론 훨씬 긴 내용이었으나 제대로 읽지 않았다. 읽었어도 자신에게 해당될 사항은 아니라며 가벼이 넘겼을 것이었다.

남자들은 동거인의 흔적을 찾아야 한다며 아정의 집을 마구잡이로 뒤졌다. 누군가는 다용도실에 늘어놓은 엄마의 조각을 보고 동료에게 물었다.

"뭐야 이거, 고기야? 발효시키는 건가? 냄새가, 와, 토할 거 같다. 이게 뭐야?"

그러나 그게 바로 흔적이란 사실은 전혀 몰랐다.

"이거 가택침입이에요. 신고할 거예요!"

아정이 을러댔으나 남자들은 털끝만큼도 동요하지 않았다. 직원이 대신 대답했다.

"어차피 용역이에요. 그렇게 항의하셔도 그만둘 권한 누구한테도 없어요. 여기 있는 사람들은 아무도 못 그만둬요."

“그래서 지금 제 혐의가 정확하게 뭔데요? 그냥 층간 소음이었을 뿐이잖아요, 평범한!”

“죄송하지만 그것도 아닙니다.”

직원이 고개를 저었다.

“녹음을 하셨어요. 잘 들리더라고요. 어머님이란 분 비명 소리가……. 오늘 아침에 신고하시면서 바로 처리 안 들어가면 언론에 제보하겠다고.”

그러더니 아정을 꼬나보았다.

“보통 이웃한테 이렇게까지 앙심을 품지는 않잖아요? 대체 뭘 실수하신 거예요? 덕분에 저희도 오늘 종일 시달렸다고요.”

화장실 방음이 좋지 않은 건 제 탓이 아니잖아요, 라고 아정은 말하려 했으나 순간 용역들이 다시 우르르 거실로 나와 떠들기 시작했다.

“저기…… 안 보이는데요? 이게 애매합니다. 사람은 없는데 어디 도망친 건지, 숨겨놓은 건지. 집에 있는 것도 다 여자 물건이라 증거다, 할 수가 없단 말이에요. 저 아줌마 나이가 마흔이라며. 뭐 좀 늙수그레한 물건이어도 자기 거라고 우기면 그만이잖아. 증거가 없어요.”

우두머리로 보이는 남자의 말이 일종의 구명정 같았다. 아정은 거기 대롱대롱 매달렸다.

“증거가 없죠. 왜? 아무도 없으니까요. 나 혼자 사는 데니까요. 잘못한 게 없으니까요. 너무 당연한 결론 아니에요?”

남자는 아정에겐 대답하지 않고 직원 쪽을 향해 툴툴거렸다.

“좀 더 뒤지긴 할 텐데 안 나온다고 후려칠 생각하지 마십쇼. 나라에서 부른 거니까 경우가 있겠지.”

“찾아야 돼요, 아저씨.”

“아니, 없는 걸 어떻게 찾아.”

“못 찾으면 완전 깨져요. 증거도 있다고요. 녹음본이요!”

직원의 목에 핏대가 섰다.

“브이아이피 놓치고 싶지 않으면 최선을 다하라고요. 성과가 안 나면 절대 못 가요, 아무도!”

남자는 거실 러그 위에 침을 탁 뱉었다. 그러고는 중얼거렸다.

“우리 없이는 밑도 못 닦아 똥 딱지 달고 다닐 거면서 브이아이피는 무슨. 똥 닦아주는 우리가 브이브

이아이피지."

그때 작은방에서 키 작은 용역 하나가 신이 나서 걸어 나왔다. 내가 찾았어! 찾았어! 억양이 어색했다. 아정이 아는 그 어느 지방의 사투리도 아니었다. 완두콩처럼 생긴 얼굴이 천진한 미소를 지으며 또 소리쳤다. 할머니, 여기 있어! 내가 찾았어!

아정은 눈을 깜박였다. 완전히 잊고 있던 물건이었다.

"새끼, 한 건 했네."

남자가 말하며 허리춤을 치켜 올렸다.

"하여간 눈은 존나 좋아. 몽골 새끼라 그런가."

노인용 기저귀 특대형 100개입. 스무 개 정도 쓰고 나머지는 방치했던.

아정은 몸을 일으켜 세웠다. 우두머리가 기저귀 팩을 풀어 헤치고서는 내용물을 꺼내 만지작거리는 중이었다. 그는 킬킬거리며 부하에게 기저귀를 차게 한 후 이리저리 움직이며 그의 사진을 찍었다. 특히 축 처진 엉덩이 부분을.

숨을 크게 들이마셨다. 역한 남자 로션 냄새가 콧

구멍을 들쑤셨다.

아정은 크게 소리쳤다.

“제 거예요.”

모두가 아정의 얼굴을 쳐다보았다. 아정이 더 크게 소리쳤다.

“제가 요실금이 있어요.”

그리고 마치 때를 맞추기라도 한 것처럼 오줌이 다리를 타고 흘렀다. 용량이 꽤 되는 소변이었다. 입사 후 최근까지의 나날들이 기복 없이 제법 행복했기에 아정은 기저귀를 차지 않았고, 그래서 모두가 아정의 두 다리 밑에 생기는 웅덩이를 볼 수밖에 없었다. 깨끗한 거실 장판이 누렇게 변해갔다.

아정은 울음을 터뜨리며 발을 질질 끌었다. 노란 물줄기가 아정의 발과 같은 방향으로 움직였다. 사람들이 아주 빠르게 아정의 몸으로부터 최대한 먼 곳으로 이동했다. 그러나 아뿔싸, 서울 시내 중산층의 기준으로 거실은 너무 좁았고 센터에서 고용한 용역의 수는 너무 많았다. 아정은 그들을 양떼처럼 거실 구석으로 몰아가면서 소리쳤다.

“요실금 있는 여자예요, 제가. 젊은 여자가 노인용

기저귀 차고 사는 거 불쌍하지 않아요? 그게 왜 생긴 건지 알아요? 당신같은 새끼들 때문이야! 내 요실금이요. 100퍼센트 정신적인 거라서요. 그래서 행복할 땐 안 일어나거든요? 그러니까 제발 뭐 꼬투리 잡지 말아줘요. 제발요. 이제 좀 행복해지나 했더니……. 대체 왜 내가 지리길 기다리는 것처럼 구는데요, 대체 왜."

30

아정의 손이 우두머리의 어깨를 잡았다. 우두머리가 고함을 내질렀다. 아정은 그에게 더 가까이 다가갔다. 그러고는 두 다리 사이에 그의 다리를 놓고서 하체를 밀착시켰다. 축축한 두 발도 그의 발 위에 살포시 올려두었다. 마치 아빠 발 위에 두 발을 올려놓고서 손을 붙잡고 함께 너른 거실을 빙글빙글 돌며 춤추는 어리고 유복한 딸처럼. 정수리 위에서 비명과 욕설이 울려 퍼졌다.

그가 아정의 어깨를 힘껏 밀쳤다. 아정은 맥없이 뒤로 밀려났다. 발바닥이 주욱, 미끄러졌다. 그러나 퍼뜩 그런 생각이 들었다. 기왕 밀려난 김에 조금 더 춤을 추면 어떨까? 그래서 밀려난 그 방향대로 너울너울 움직였다. 피하는 무리 중 하나를 붙잡았다. 이상기나 센터 직원만 아니면 다 아정의 목표였다. 이상기는 유일하게 진실을 알고 있는 사람이라서, 그리고 센터 직원은 아정의 미래를 거머쥔 많은 손들 중 하나라서.

결국 거실을 엉망으로 만들고 나서야 아정은 붙들렸다. 가장 어려 보이는 용역의 손이 아정을 단단히 잡고 있었다. 서른도 되지 않았을 얼굴이었다. 다른 이들처럼 미간을 잔뜩 찌푸린 상태였다. 너도 살아남아야 하는 막내인 거니? 아정은 속으로 생각했다. 높으신 분 밑에서 일하는 직업을 얻었을 때 너는 이런 상황을 상상했니? 아니, 그렇지 않았겠지. 똥오줌을 발라도 높으신 분의 것을 바르리라 여겼겠지.

용역은 아정을 질질 끌고 화장실 앞으로 가 문을 벌컥 열었다. 아줌마 여기 잠시만 계세요. 좀 얌전히, 가만히 좀! 신경질적으로 을러대며 아정의 등을 밀어 넣고는 문을 닫았다. 뭔가를 질질 끄는 소리가 났다. 문을 밀어보니 열리지 않았다. 나오지 못하도록 문 앞에 무언가를 기대어놓은 모양이었다. 비명을 지르고 문을 두드렸으나 밖에선 아무 반응도 없었다. 그저 타인의 배설물을 몸에 제법 묻히게 된 이들이 길길이 날뛰는 소음만 들릴 뿐이었다. 아정은 이번엔 이상기의 이름을 목 놓아 불렀다. 그러나 역시 아무 반응도 없었다. 불이라도 켜라고, 불이라도! 제법 타당한 요구라고 생각한 마지막 문장마저 묵살당하고 나자 힘이 쭉 빠졌다.

화장실 문이 잠겨 아사하는 게 두려워서 항상 핸드폰을 가지고 들어올 정도로 철저했는데, 그 정도로 죽음을 두려워했는데 이렇게 갇힐 줄이야. 아정은 밑에서 지린내가 나는 것을 깨닫고 바지를 벗었다. 조금 주저하다가 속옷도 벗었다. 어둠 속을 더듬어 샤워기를 붙들고 밑을 대강 씻었다. 또 여차여차 수건을 찾아내서는 물기를 닦은 후 치마처럼 아래를 감쌌다. 언제 저들이 다시 들어올지는 모른 채로.

○

어둠을 두려워하지 않는다고 생각했는데 화장실 문틈으로 들어오던 거실의 빛마저 사라지고 나자 온몸에서 땀이 흘러내렸다. 살려주세요! 화장실에 갇혔어요! 한참을 외치다 보니 아래쪽에서 방귀 소리가 올라와 소리쳤다. 야, 301호! 너 듣고 있는 거 다 알아! 다 안다고! 신고해달라고, 너 신고 잘하잖아!

그러나 한참을 외쳐도 답은 없었다. 이번엔 이상기의 이름을 불렀다. 지금이 몇 시인지는 몰라도 거실이 한참 전부터 조용해진 것으로 봐서는 모두가 무대에서 퇴장한 게 분명했다. 모두가 아정을 잊고, 혹은 잊은 척하고 떠났으리라. 이상기마저도, 라는 사실이 징그러운 벌레처럼 아정의 속을 이리저리 돌아다녔으나 그래도 믿을 것은 이상기뿐이었다. 과장님, 과장님. 상기 씨. 아정은 재차 불러댔다.

이상기는 끝끝내 대답하지 않았다. 위층에서는 소리 한번 나지 않았다. 오로지 아정의 발악뿐이었다. 설상가상으로 기온이 점점 떨어지고 있었다. 용역이 들어왔을 때 창문이 열려 있었던가? 기억이 나지 않았다. 어쩌면 누군가 오줌 냄새를 빼기 위해 열었을지도. 타일 벽에서 냉기가 뿜어져 나왔다. 발이 시렸고 벗은 것이나 다름없는 하체가 덜덜 떨렸다. 그리고 공기에 가감 없이 노출된 성기가 쿡쿡 쑤시기 시작했다. 견딜 수 없을 지경이 되면 아정은 샤워기를 들어 뜨거운 물을 몸에 끼얹었으나 임시방편일 뿐이었다. 게다가 급탕비가 얼마나 나올지, 이 와중에도 걱정이 되었다.

욕조가 있는 욕실이었다면 얼마나 좋았을까. 그러나 아정은 살면서 단 한 번도, 정말 단 한 번도 욕조란 것에 들어가본 적도, 그것을 실제로 본 적도 없었다. 어린 시절 전전하던 셋집과 마침내 소유하게 된 낡은 주택과 상경하여 몸을 누인 고시원과 동생과 함께 살던 다섯 평짜리 원룸과 홀로 잔고를 세던 더 작은 원룸과 그리고 이곳 머니빌…… 어디에도 욕조는 없었다. 더 서글픈 사실은 열심히 연애하던 시절 모텔에도 펜션에도 참 많이 가보았지만 언제나 가장 싼 방을 썼다는 것이었다. 얼마를 더 내면 욕조를 쓸 수 있단 것을 알았지만, 그 돈이면 네 끼를 먹을 수 있었고 한 번 더 대실할 수 있었다.

갑자기 세면대 뒤에서 덜컹, 소리가 났다. 세면대 뒤편 벽에 기대어놓은 대야가 별안간 몇 바퀴를 굴러 엎어지는 소리였다. 아정은 대야를 가만히 바라보았다. 그러고는 그걸 집어 들고 샤워기를 틀었다. 가장 뜨거운 온도의 물이 나올 때까지 한참을 기다린 후, 물을 받았다. 그러고는 대야에 두 발을 넣은 채 우뚝 섰다.

엄마의 조각들을 담았던 대야였다.

엄마가 있었다면 구해줬을 텐데. 아정은 생각했다. 엄마가 있었다면 이런 일이 일어날 리가 없지. 지금쯤 거실 러그 위에서 따뜻한 이불을 덮은 채 꿈을 꾸고 있었을 것이다. 아니, 센터 사람들에게 적발당하고 나서는 끝나지 않을 싸움을, 서로에게 생채기를 내는 데 골몰한 모녀 간의 싸움을 벌이고 있을지도 모른다. 어쨌든 두 가지 경우 모두 아정의 생존이 달린 일은 아니었다. 물론 싸우고 있다면 죽고 싶겠지만 진짜로 죽는 것과 죽고 싶은 것은 전혀 다르니까.

그러나 엄마는 아주 작아져서 12킬로그램짜리 통돌이 세탁기에 처박혀 있다. 이상기의 모친이 그랬던 것처럼. 드럼 세탁기라면 모를까, 통돌이에서 몸을 솟구쳐 나오기에 엄마의 근력은 한없이 부족했고 몸은 지극히 작았다. 우물에 빠져 죽는 사람. 작아진 엄마를 이상기와 함께 세탁기에 접어 넣을 때 아정은 그 문장을 떠올렸었다. 대학 다닐 때 배웠던 고전소설에선 부녀자들이 우물에서 참 많이 죽었단 사실도.

어쨌든 이제는 다 부질없는 일이었다. 문틈으로 빛이 들어오기 시작했다. 해가 뜨고 있었다. 머니빌의 모든 사람이 분주해지는 시간. 9시부터 6시까지 일하는 사람들. 한때 아정이 가장 부러워했던 그들이 활동을 시작했다. 이상기는 아마 도망간 모양인데, 그거야 이해할 수 있었다. 용역은 무섭고 아정은 더러웠으니까. 그러나 지금은 다시 내려와야만 했다. 동료가 이렇게 힘들어하고 있는데 어떻게 모르는 척을 하나. 아정은 다시 이상기의 이름을 목 놓아 부르기 시작했다. 소리를 지르니 목이 말라서 여러 번 수전을 틀고 입을 댔다. 수돗물의 맛은 그렇게 나쁘지 않았다. 벌컥벌컥 마셨다. 그러자 요의가 몰려와서 볼일을 봤다. 그러고는 다시 이상기의 이름을 외쳤다.

"그렇게 불러봤자 소용없어."

출근하는 이들의 소음이 잦아들 무렵이었다. 죽는 걸까, 하고 아정이 중얼거리던 순간이기도 했다.

노인이었다. 노인의 목소리였다. 살았어. 아정은 급작스레 뜨거워지는 두 눈과 목울대를 제어하려 안간힘을 쓰며 생각했다. 살았어. 노인이 나를 구해줄 거야. 내가 노인한테 잘해준 이력이 있잖아. 재워줬지, 밥도 줬어. 아들이란 후레자식도 제대로 안 해주는 걸 내가 다. 모르는 사람인데도, 나한테 피해를 끼친 이웃인데도 나는 다 해줬어, 호구처럼 다!

"어르신, 살려주세요."

아정은 변기 뚜껑을 열었다. 혹시 소리가 작아질까 봐 시트도 위로 젖혔다. 맑은 물이 출렁였다. 아정은 물 마시러 온 토끼처럼 입을 근처로 갖다 대었다.

"어르신. 제발요. 아드님한테 말씀 좀 해주세요. 성아정 과장이 자기 집 화장실에 꼼짝없이 갇혀서 굶어 죽을 것 같다고요."

"우리 아들은 출근했어."

"아니면 301호한테라도요, 예? 대학생이니까 느지막이 나갈 거라고요. 물론 걔가 저를 신고하긴 했죠. 하지만 사람이 죽는다는데 설마 무시하겠어요? 어르신. 저 좀 살려주세요. 예?"

"나더러 지금 다른 집에까지 얼굴을 드러내라는 거요? 귀신 들린 빌라로 소문이라도 나라고?"

"제 앞에는 잘만 나타났잖아요! 그리고 301호한테 폭로하겠다고 협박까지 했으면서 왜 이제 와서 딴 소리예요?"

"내가 죽을 지경이어도 눈 하나 깜짝 않더니 죽을 때가 되니 겁은 나나 보지?"

"어르신을 제가 괴롭혔어요?"

"가만히 보고만 있었잖아. 나도 아가씨 굶어 죽을 때까지 가만히 보고만 있으려고."

"미치겠네 진짜. 근데 어르신 아직 안 돌아가셨잖아요. 이상기 과장이 작업 완료 못 해서 압박받고 있는 거 내가 다 아는데 왜 죽었다고 사기를 치세요, 치길. 멀쩡히 살아 계시잖아요. 심지어 몸이 두 개가 되어 살아 있잖아요! 심심하면 나 괴롭혔으면서, 맨날 우리 엄마 앞에 나타나겠다고 협박했으면서 이제 와서 불쌍한 척하면 제가 들을 것 같아요? 예?"

그 말끝에 떠올린 아이디어에 아정은 우뚝 소리를 멈추었다.

엄마를 저 변기 안으로 불러낼 수만 있다면!

31

모성애라는 게 뭔지 아정은 몰랐다. 알고 싶은 생각도 없었다. 살면서 본 엄마들은 다들 어딘가 나사가 하나 풀려 있는 것 같았다. 물론 그렇지 않은 엄마들도 있었다. 본 적은 없고 소문으로만 들었다. 맞아본 적이 없는 애들은 꼿꼿하게 앉아 있는 자세에서부터 티가 났다. 걔들은 세상의 아름다운 것들을 주로 관찰했고 자주 경탄했으며 무엇보다 실패를 두려워하지 않는 듯 보였다. 언제나 돌아갈 곳이 있기 때문에. 집이라는 이름의 방공호가 있기 때문에. 집이 방공호라니. 말이 되는 소리인가. 어린 아정에게 집은 가장 위협적인 곳, 몸을 가장 아프게 하는 곳이었다. 그리고 아정이 살던 동네에서는 누구나 자식들을 팼기 때문에, 저녁 무렵이 되면 언제나 누군가가 두들겨 맞는 소리가 났기 때문에 꼿꼿한 애들을 만나기 전까지 아정은 자신의 불행을 자각하지 못했다. 그래서 아정은 꼿꼿한 애들을 미워했다. 증오했다.

집에서 구피란 물고기를 키운 적이 있었다. 어딘가에서 얻어 온 그 물고기를 엄마는 퍽 흥미롭게 관찰하곤 했다. 하루 한 번 고약한 냄새가 나는 먹이를 수면에 솔솔 뿌리고는 입을 뻐끔거리며 몰려드는 구피 떼를 오래도록 지켜보았다. 잔멸치만 한 구피들을 보다가, 야간자율학습을 마치고 귀가한 아정에게 이야기해줄 때도 있었다.

"얘, 얘들은 얼마나 좋을까? 가만히 있으면 알아서 밥이 후두둑 하늘에서 떨어지니 말이야. 이런 세상에서 사는 애들은 미움 같은 거 가질 필요가 없을 거야, 그렇지 않니? 미움이란 건 다 비교해서 생기는 게 아니니. 근데 얘들은 집도 똑같고 먹이도 똑같고. 얼마나 행복할까?"

어느 날엔가는 집에 도착하니 엄마가 잔뜩 흥분한 얼굴로 허리를 굽힌 채 어항을 들여다보고 있었다. 그러더니 아정에게 빠르게 손짓했다.

"얘, 와서 봐라. 이게 무슨 일이니 세상에."

"왜?"

"여기 구피들 좀 보라고. 이상하지 않아? 어떻게

이런 일이 있니. 나 너무 놀라서 정신이 없다."

아정은 시큰둥하게 어항을 내려다보았다. 한 번도 그 구피들을 눈여겨본 적이 없었다. 그딴 걸 관찰할 시간도 마음의 여유도 없었다. 엄마가 좋아하고 마음을 두는 건 웬만하면 싫어했다. 싫어하고 업신여기려 노력했다. 머리가 굵어진 후로는 평생에 걸쳐서.

난 잘 모르겠는데, 라고 말하자 엄마는 혀를 찼다. 내가 너한테 뭘 바라니. 그러자 어느새 슬그머니 옆으로 다가온 동생이 아정에게 대신 일러주었다.

"잡아먹었어, 새끼를. 낳고 나서. 어미가."

"뭐?"

아정이 되물었다. 그러자 엄마가 신이 나서는 무슨 일이 있었는지 떠벌리기 시작했다.

"글쎄 몸이 꺾일 정도로 통통하게 배에 살이 올라서는, 알이 아니라 새끼를 낳더라? 그런데 새끼를 낳자마자 큰 애들이 마아악 달려들어서 잡아먹어, 그 조그만 새끼들을! 사정없이. 그냥 막 입 벌리고 돌진해서는 꿀떡꿀떡 삼키는 거야!"

"그래서."

아정은 피곤했다. 엄마가 무슨 말을 하려는지 알

것 같았다. 어미가 꼬리지느러미를 열심히 흔들며 보호했다, 따위의 말일 게 분명했다. 방금 태어난 구피가 잡아먹히든 말든 알 바 아니었고, 아마 안방에 누워 있을 아버지가 나와 호통을 치기 전에 얼른 방에 들어가 문을 닫고 자는 척하고 싶었다.

"그래서, 엄마가 막아섰어?"

그러자 엄마는 환하게, 승리한 사람처럼 이를 다 드러내 보이며 웃었다. 그러고는 말했다.

"어미가 제일 빨리, 제일 많이 잡아먹었어."

"뭐?"

아정은 반문했고 똑같은 답을 받았다. 동생 쪽을 바라보았다. 그 애는 목과 허리에서 힘을 완전히 뺀 엉거주춤한 자세로 아정을 쳐다보더니 천천히 고개를 저었다. 그러고서는 발을 질질 끌며 자기 방으로 향했다. 엄마가 다시 외쳤다.

"너무 신기하지 않니? 자기가 낳은 자식을 먹어치운다는 게. 있지, 어찌나 탐욕스럽던지. 다른 물고기한텐 한 마리도 양보할 수 없다는 듯이 난리를 부리더라니까, 얘. 어미가 되어서 그러고 있더라. 짐승은 짐승이지!"

아정은 구피 어미가 새끼를 잡아먹는 현상을 검색했다. 몸을 숨길 수 있는 수초를 많이 넣어두어야 했다. 분만을 위한 통을 따로 마련해두는 사람도 있었고, 새끼가 태어나자마자 뜰채로 구조해 격리하는 이들도 있었다.

그러나 아정이 들이민 검색 결과를 보고 엄마는 되물었다.

"그런데 이건 자연의 모습이 아니잖아?"

"뭐?"

"자연에서 구피들은 다 이렇게 낳고 먹겠지. 안 먹히는 애들만 살아남겠지. 강하고 빠른 애들만. 그러면 나도 자연이랑 똑같은 방식으로 애들을 키워야 하는 거 아닌가? 그게 가장 자연적인 길 아니야?"

구피들은 오래가지 못했다. 절반은 얼어 죽었다. 어항에서 냄새가 나는 것 같다며 엄마가 베란다에 내놓았기 때문이었다. 나머지 절반은 어항이 깨지는 바람에 죽었다. 어항이 있으면 아빠가 물건을 덜 던질 거라는 동생의 예상이 빗나가는 순간이었다.

그리고 아정은 지금, 20년 넘는 시간이 흐르고 나서야 어미가 새끼를 잡아먹었어, 라고 말하며 자연적인 길에 따르면 그리해야 한다던 엄마의 그 표정을 다시 떠올렸다.

엄마는 충격을 받지 않았다. 엄마는 갓 산란한 어미가 새끼들을 잡아먹도록 내버려두었다. 어쩌면 엄마는 그러한 힘과 권능을 원했는지도 모른다. 내 배 아파 낳은 나 닮은 자식에 대한 모든 통제를. 엄마의 함박웃음을 생각하면, 몇 번의 산란에도 불구하고 절대 몸 숨길 수초 한 포기 넣어주지 않던 그 고집을 생각하면.

그러니 내 존재가 얼마나 당황스럽고 증오스러웠을까. 아정은 미친 듯 꼬리를 움직여 구석으로 도망치는 치어의 기분으로 변기 물을 응시했다. 하얗고 매끈하며 검은 장애물 따위 없는 변기엔 숨을 곳이 없었다.

"……어르신."

아정이 부르는 소리에 노인이 눈을 치켜떴다.

아정은 누군가의 배 속에 들어간다더라도 일단은 이곳을 벗어나고 싶었다. 나중에 반쯤 소화된 채로 뱃가죽을 찢는 한이 있더라도.

"저희 엄마 여기 모시려면 어떻게 해야 하죠?"

"여기?"

"변기에요. 공동 배관에요. 어르신처럼요. 어떻게 해야 해요?"

"이제 와서 죽을 것 같으니까 찾는 거요? 절대 못 알려줘요. 아가씨가 아가씨 엄마한테 어떤 짓을 했는지 내가 모를 것 같아서? 안에서 다 들었는데? 내가 들으면서 얼마나 울었는지 알아?"

"엄마 앞으로 나올 돈 다 어르신께 드릴게요."

"뭐요?"

"저희 엄마 연금 진짜 많이 들었어요. 부자라고요, 부자. 그거 다 어르신 몫으로 드리겠다고요."

그렇게 말하면서도 실은 노인이 자신의 제안을 받아들이지 않으면 어떻게 할지 두려웠다. 제힘으로 거동조차 못 하는 몸이 되었는데 억만금을 준다 한들 무슨 소용이냐, 하고 언짢아한다면. 그러고도 남을 일이라고 아정은 생각했다.

그러나 노인이 "100퍼센트?"라고 되물었을 때 아정은 놀랍고 또 무서워서 눈을 질끈 감았다. 죽음 앞에서 재고 따질 게 뭐가 있겠는가.

"100퍼센트요."

"내가 어떻게 믿어? 아가씨는 믿을 만한 인간이

전혀 아닌데."

"그럼 그때부터 절 괴롭혀서 죽이시든 말든 맘대로 하세요."

노인이 비웃는 소리를 냈다.

"이사만 가면 되는 걸 내가 모를 줄 알고?"

그렇지. 이사만 가면 되는 거지. 그러나 아정은 과거를 떠올렸다. 길을 걸을 때마다 땅에 박힌 창문들을 자주 보곤 했다. 다음 집은 반지하도 괜찮아. 사람이 살 수 있으니까 임대를 하는 거 아니겠어? 월세 올린다고 하면 반지하로, 저기로 가서 돈을 모으는 거야. 모일 리가 없단 걸 빤히 알면서도. 반지하의 보증금을 가지고 계산해도 쪼들린단 걸 알면서도.

기록적인 폭우로 반지하에 갇힌 이들이 목숨을 잃은 날에는 끔찍한 생각마저 했다. 너무나 안타까워. 그러나 사람 목숨은 하늘에 달렸고, 펜트하우스에 살아도 화장실에서 미끄러져 죽는 게 사람이라며 되뇌는 인간이 되었다. 곧 그와 같은 형태의 주거 공간을 집이라 일컫게 될 아정으로서는 섣부른 애도도 편리한 분노도 할 수 없었다. 그런 공간에서는 사람이 살 수 없어요, 라는 말에는 기본적으로 그런 공간에서 사는 사람은 사람이 아니에요, 라는 뉘앙스가 섞여 있는 것 같았으니까.

그래서 아정은 대답했다.

"아니요, 어르신. 저 이사 절대 못 가요."

부자, 부자! 요란한 박수 소리와 이해할 수 없는 환호. 그게 다시 아정의 귓바퀴를 간지럽혔다. 부자, 부자. 맞다. 그 말이 맞았다. 아정은 부자였다. 어쩌다 손에 쥔 걸 놓기 싫어하는 걸 보면 그랬다.

"저 빈털터리라 이사 못 가요. 10년 후에도 그럴 거고요. 10년 후에도 여전히 이렇게 구질구질할 거니까요. 그러니까 도와주세요."

그러자 노인은 대답했다.

"그 연금, 나 말고."

"네."

"내 아들한테 주겠다고 약속하시오."

끔찍하다고 생각했다. 당신 바보야? 어차피 당신은 더 쓰지도 못하잖아. 그러나 네에, 하고 말했다. 네에에, 하고 염소 목소리로 울었다.

32

몸을 일으킬 때마다 무릎이 사정없이 삐걱거렸고 신음을 감출 수가 없었다. 그러나 찾은 것을 변기에 떨어뜨릴 때마다 노인은 호되게 외쳤다. 좀 더, 저쪽도 찾아봐요! 이렇게 게을러서 쓰나, 좀 더 노력하라고!

엄마의 머리카락과 아정의 머리카락은 구분하기가 힘들었다. 색깔도 길이도 비슷했다. 아정은 5년 전부터 점차 머리가 세고 있었으니 흰머리가 보인다 하더라도 엄마의 것이라 확신할 수 없었다. 그러나 알아서 분류해주겠거니, 하고 머리카락 무더기를 변기에 떨어뜨리면 노인이 대번에 비명을 지르며 넣은 걸 다시금 밖으로 튕겨냈다.

그래서 한 올 한 올을 주의 깊게 살펴보는 수밖에는 없었다.

아주 오래 바라보니 차이가 눈에 들어왔다. 뿌리가 희지 않은 모발의 경우, 더 검은 쪽이 엄마의 것이었다. 그제야 엄마가 처음 집에 올라와서 부려놓은 짐 더미에 새치 염색약 상자가 있었단 사실이 기억났다. 자신이 하루 종일 집에 머무르던, 이미 너무나 전생 같게만 느껴지는 시절의 어느 날, 염색약을 가지고 화장실에 들어가던 엄마와 대판 싸운 일도.

싸웠던 그 날엔 그만두었으나 아마 아정이 회사를 다닐 때 결국에는 새치 염색을 하고 만 모양이었다. 아정은 배수구를 열었다. 구멍을 잔뜩 막은 머리카락들을 손가락으로 끄집어냈다. 끈적끈적한 머리카락 무더기를 헤집었다. 부자연스러울 정도로 검은 머리카락들을 골라내어 변기에 집어넣었다. 그러자 노인은 아무 소리 없이 요상한 미소를 지으며 고개를 천천히 움직였다. 변기에 들어간 머리카락들은 빠르게 아래로 사라졌다.

원형으로 어지럽게 엉킨 단백질 뭉치에 머리카락만 있는 것은 아니었다. 꼬불꼬불한 음모도 있었다. 음모는 구별하기가 용이했다. 가느다랗고 색이 연한 게 엄마의 것이었다. 처음부터 음모까지 골라낼 생각을 한 것은 아니었다. 그러나 머리카락을 한참 넣은 후 “아직도 모자라요?”라고 질문할 때마다 노인이 비웃는 소리만을 냈기에 어느 순간부터 한 방울의 물을 찾는 사막의 조난자처럼 모든 종류의 체모를 감별하기 시작했다.

힘들었다. 이미 시간관념을 잊은 지 오래였고 벌벌 떨리는 손은 몇 번이고 단백질 가락을 놓쳤다. 배수구 청소를 한참 안 한 탓에 단백질 더미가 가득 끼어 있는 것은 다행이었으나 바닥에 엎드려 한 가락을 끄집어 올린 후, 허리를 세우고 고개를 위로 바짝 치켜들어 새어 들어온 빛에 눈살을 찌푸리며 누구의 체모인지 판별하기를 반복하는 일은, 그야말로 돌아버릴 짓이었다.

배수구의 찌꺼기를 다 처리했는데도 노인이 아직 부족하다고 이죽거려서 아정은 욕실의 수납장을 열었다. 수도세가 아까워서 빨래를 분리하지 않고 한 번에 빨았기 때문에 수건에는 온갖 불순물이 자주 끼곤 했다. 샤워 후 몸의 물기를 닦고 나면 그 불순물들이 천연덕스레 살에 달라붙었다. 그리고 그 가운데서도 가끔씩 몸의 일부가 나오던 걸 아정은 기억했다.

수건들을 탈탈 털었다. 불순물이 타일 바닥으로 내려앉았다. 광맥을 탐사하는 인부처럼 엉금엉금 기었다. 가끔은 허기를 느끼며 생각했다. 여기서 가장 먹을 만한 게 뭐가 있을까? 아무리 헤아려도 답은 하나였다. 주성분이 단백질인 체모 무더기뿐. 그래서 아정은 엄마의 체모를 변기에 집어넣은 후 남은 것들을 욕실 구석에 모아두었다. 변기에 넣는 양이 더 많은 날이 대부분이었다. 그게 아정은 그렇게 억울했다. 노인의 목소리와 웃음이 점점 분명하고 풍만해져서 더욱 그러했다.

그리고 노인을 제외하면 아무도, 아무도 아정을 찾지 않았다. 301호 여자도, 이상기도, 센터 직원들도.

○

"아가씨. 포기할 거야?"

아무리 춥고 굶주려도 꿈은 힘들수록 총천연색으로 기똥차게 잘 찾아왔다. 꿈을 형성하는 에너지는 외부에서 내려오는 것이었나 싶을 정도로. 아정이 몇 번을 반복해서 꾸었던 꿈은 주로 집에 관한 것이었다. 평소처럼 출근해서 사람들에게 늙은 부모의 연금을 내 것으로 만드는 방법을 포장해 팔아먹고, 다정한 동료들과 맛있는 식사를 하고, 착한 사장과 강압적이지 않은 회의를 한 후 내일 또 보잔 인사를 나누고, 머니빌 4층에 내려 401호의 문을 연다. 그러나 문을 여는 순간 마주하는 것은 거대하고 검은 머리카락 똬리. 머리카락이 뭉치고 뭉치고 뭉쳐 아정의 몸보다도 더 큰 동굴을 형성한다. 머리카락들은 건조하지 않다. 단백질과 지방으로 이루어진 게 분명한 끈끈한 덩어리들은 집으로 들어오는 아정의 발등, 어깨, 정수리에 뚝뚝 떨어진다. 하수구 냄새가 진동한다. 머리카락들은 덫처럼 발목을 잡아채고, 집의 구조를 의기양양하게 가려놓아서 아정이 자주 무언가에 걸려 넘어지거나 세게 부딪쳐 다치게끔 만든다. 그리고 아정은 그 머리카락이 부자연스럽게 시꺼멓다는 사실을 알아챘다.

이사를 가려 할 때마다 요사스럽게도 이상기 혹은 노인의 얼굴을 닮은 부동산업자를 만난다. 그가 꺼내드는 클리어 파일에는 아정이 단 한 번도 손에 쥔 적 없는 금액이 쓰여 있다. 그래서 아정은 다시 돌아온다. 머리카락의 동굴에.

가끔 물 내려가는 소리가 들린다. 그 음량은 아주 크다. 그러면 아정은 기대한다. 이렇게나 위압적인 물

소리라면 이 머리카락들을 아주 다 쓸어 가지 않을까? 끈끈한 살의 조각들도 씻을 수 있지 않을까? 그러나 소리만 요란하지 결국 아정이 발견하는 물줄기라고는 두 다리 사이에서 졸졸 흐르는, 개울만치도 못한 폭의 무언가…… 아주 실낱같은 액체의 흐름이다.

그리고 문득 아정은 그 물이 자신의 몸에서 나오고 있단 사실을 깨닫는데, 자각의 이유는 불행히도 요도의 통증이다.

"아가씨, 포기할 거냐고."

아정은 퍼뜩 깨어났다. 꿈결에 실례했단 사실을 깨달았으나 어차피 아래는 벗고 있었으니 샤워기로 물만 한 번 끼얹으면 그만이었다. 문제는 설 힘이 없단 거였지만.

"어르신. 저 여기 갇힌 지 며칠 지났어요?"

"내가 어떻게 알아. 변기에 갇힌 사람 사정이 화장실보다 나을 것 같아?"

퉁명스럽긴. 아정은 노인을 잘 알았다. 그래서 대꾸했다.

"뺑치지 마세요. 아들 출퇴근하는 횟수 세고 있을 게 빤한데 무슨. 출근 몇 번이나 했어요?"

"글쎄."

아정은 눈을 감았다가, 천천히 떴다. 노인이 죽을 거냐 물었다. 아니요. 아정은 고개를 저었다. 타일의 무늬대로 볼에 자국이 찍혀 있을 것이었다. 왜 죽어요, 절대 안 죽어요.

"진짜 조금만 더 들어오면 돼."

노인이 말했다.

"진짜 아주 손톱만큼만. 그러면 아가씨 엄마가 여기 뿅 살아 움직일 거라니까? 근데 이제 와서 포기할 거야?"

처음 저 말을 들었을 땐 어찌나 희망차던지. 그러나 욕실엔 더 이상 엄마의 흔적이 없었다. 작업봉에 남은 잔해도, 엄마의 칫솔에 끼어 있던 시금치 조각도, 손톱깎이에 남은 손발톱 조각도 다 털어냈다. 노인은 아주 조금만 더 있으면 된다고 하는데 아정의 눈엔 이제는 아무것도, 정말 아무것도 없었다. 남은 거라곤 온통 아정의 몸에서 나온 것뿐이었다.

"어르신. 힘이 안 나요, 씨발……."

저 노인네보다 먼저 죽을 줄은 몰랐는데.

"뭐가 있다 해도 있잖아요. 그거 찾을 힘이 없어요. 뭘 좀 먹어야 찾든 말든 하지."

노인이 짧게 웃었으나 아정은 화낼 힘도 없었다.

"고이 모아둔 머리카락은?"

"다 먹었지요."

"일어날 힘이 없단 거지?"

"대충요."

"상체는 일으킬 수 있나?"

"해볼게요. 그런데 해볼 이유가 있어야 할 텐데요."

노인 앞에서 최대한 눈물을 흘리지 않기 위해 아정은 여태껏 무진 애를 써왔다. 노인을 보기가 창피하다는 아주 작은 양심이었던 것인지. 살려달라 외치던 노인을 외면해놓고서 이제 와 몸에서 나온 더러운 것들을 찾아다니고 또 대안이 될까 싶어 삼켜대는 자신의 모습을 노인에게 드러낸 것이 수치스러웠던 건지. 그러나 이제 정말로 아무런 돌파구가 없어지자, 타일 바닥에 지저분하게 흩어진 것들이 모두 자신의 부산물이란 걸 알자, 볼썽사나운 물이 줄줄, 굶어서 쑥 들어간 볼 위를 달려 내려갔다.

"울어? 우는 건가?"

노인이 심술궂게 물었다. 아정은 대답하지 않고 두 손으로 차가운 타일 바닥을 짚었다. 몇 번을 미끄러지며 샤워기 아래의 수도꼭지로 가서는 물을 틀었다. 따뜻한 물이 세차게 아래로 쏟아졌다. 아정은 거기 얼굴을 갖다 댔다. 숨을 참거나 콧구멍을 틀어막지 않았기에 물이 사정없이 기도로 들어갔다. 발작적인 기침이 터져 나왔다. 코끝이 매웠다. 노인이 웃어대는 소리가 귓가에 들리는 것 같았지만 귀에도 물이 들어가서 분명치 않았다. 그래도 괜찮았다. 이러면 이미 흘린 눈물은 온수에 섞이고, 지금 나오는 눈물은 겨우 기침의 산물이 되니까. 굶어 죽을 지경이 되어서도, 우습지만 아정에겐 그런 것들이 중요했다.

"어르신. 아무래도 제가 죽을 것 같아 말씀드리는 건데요. 저 사실 죽는 게 그렇게 두렵지 않아요."

그럴 리가 없었으나 뜻밖에도 노인은 조롱하지 않고 조용히 듣고만 있었다.

"두렵진 않아요. 사실 억울하지도 않고요. 솔직히 자살하지 않아도 죽을 수 있으면 좋겠다고, 누가 날 손쉽게 큰 고통 없이 죽여주면 편하겠다고 생각했던 적도 많았으니까요. 사람 사는 사회에 크게 득 못 되는 사람이잖아요, 제가요. 나 죽어도 슬퍼해줄 사람 없고. 그니까 저 이제 잘게요, 깨우지 마세요. 어쩌다 보니 어르신보다 제가 먼저 죽게 생겼네요. 뭐, 가는 데 순서 있겠어요."

아니. 가는 데 순서 있지. 스르르 다시 누운 아정은 태연한 척 굴었던 몇 초 전과는 전혀 딴판인 사람처럼 비명을 지르고 가슴팍을 들썩이며 흐느끼기 시작했다. 너무 억울했다. 아무짝에도 쓸모없는 늙은이들보다 먼저 허무하게 간다는 사실이. 제 몸 하나 움직이지도 못하면서 내내 아정을 괴롭혔던 바로 그 노인네가 자신의 최후를 보고 있다는 사실이. 그리고 아정을 평생토록 괴롭힌 또 하나의 노인네를 살려보려 역겨운 짓들을 했는데도 그 모든 게 윗집 노인네를 만족시키는 광대놀음일 뿐이었단 사실이. 성아정이란 사람은 성아정이 업신여기던 모든 이들보다도 멍청했단 사실이. 아무도 성아정을 찾으러 이 집 현관문을 열지 않는다는 사실이. 그러니까, 그 누구도 딱히 성아정을 필요로 하지 않는단 사실이.

죽자, 라고 아정은 중얼거렸다. 더는 흉한 꼴 보이

지 말고 고고하게 죽자…….

"아가씨, 웬일이지. 나 방금 기억났는데. 여기 화장실에 써먹을 게 더 있어, 아가씨 어머니 거."

노인의 말에 득달같이 튀어 오를 때까지.

33

아정의 엄마는 이미 오래전에 완경을 겪었다. 아정이 그 사실을 알게 된 건 그저 엄마의 신세 한탄 때문이었다. 내가 이젠 여자도 아니다……. 그런 말을 들은 것도 이미 오래전이었다. 갱년기 증상도 분명 있었다고 엄마는 주장했으나 그때 아정은, 이제 와서 갱년기 탓을 한다고 치부했을 뿐이었다.

그로부터 10년이나 지나 아정의 집에 몸을 의탁한 엄마가 부정 출혈을 겪었단 사실은 전혀 알지 못했다. 아정의 노인용 기저귀를 몰래 꺼내 뒤처리를 했단 사실도. 그리고 아정에게 들킬까 두려워 그 기저귀를 쓰레기통에 버리지 못하고 환풍구를 뜯어 그 위에 쌓아 뒀단 이야기도. 또 엄마가 변기 뚜껑을 내린 후 거기 발을 딛고 올라서서 허둥댈 동안 노인이 변기에 붙어서는 귀를 쫑긋 세우고 있었단 것도.

“아가씨가 작업 시작하고 나서는 힘이 없어서 올

라가지 못했으니 충분히 남아 있을 거야. 충분히, 엄마 불러낼 만큼은 남아 있을 거란 말이야."

엄마, 우리는 왜 이렇게 되었을까.

아정은 변기를 붙들고 일어나, 뚜껑을 내린 후 그 위에 올라서다 몇 번을 떨어졌다. 휴지통이 엎어졌고, 휴지 걸이에 머리를 세 번 박았다. 그러나 결국엔 올라섰다. 이전이었다면 뚜껑이 혹여나 부서질까 노심초사했겠으나 이젠 아정도 몸의 층과 갖을 꽤 많이 덜어낸 모양이었다. 그리고 아정은 키가 컸다. 환풍구를 돌려 여는 것은 그리 어렵지 않았다. 이미 헐거웠다. 아마 엄마가 여러 번 여닫았기 때문이리라.

구멍에 넣은 아정의 손에 두툼한 것들이 가득 잡혔다. 악력이 부족해서 그걸 제대로 잡고 내리지 못했다. 그저 신경질적으로 여러 번 비질하듯 손짓을 일삼을 뿐이었다. 구멍에서 기저귀들이 우수수 떨어졌다. 적나라하게 펼쳐진 채로 낙하하였다. 엄마의 몸에서 나온 것들이, 이미 썩었을 섬유 뭉치가, 아무렇게나 타일 바닥에 훌렁훌렁 펼쳐졌다.

그리고 아정은 내려와서 그 모든 걸 그러모아 변

기에 집어 넣었다.

마지막 기저귀를 집어 넣은 후 열 번 심호흡을 하고 나자 엄마가 변기 위로 머리를 들이밀었다. 그러고는 아정을 바라보았다.

“엄마.”

아정이 말했다.

“엄마, 나 좀 살려줘. 살려줘, 엄마. 엄마 아직 움직일 수 있잖아, 그치? 엄마 강하잖아. 엄마란 건 강한 거잖아. 그 세탁기 그렇게 깊지 않으니까 충분히 기어올라올 수 있지 엄마라면. 그러니까 엄마…… 힘 좀 내봐. 나와서 이 문 좀 열어줘. 나 죽으면 엄마도 죽잖아. 그 통돌이 안에서 죽잖아. 그러니까 얼른 나와. 나와서 나랑 같이 살자. 나 지금 진짜 괜찮은 딸이잖아. 회사도 다니고 일 잘한다고 칭찬도 엄청 많이 받는다니까? 내가 용돈도 드릴게. 밖에 나가서 사람도 만나고 그러셔. 집 잃어버리면 어때? 사람 나고 집 났지 집 나고 사람 났나? 나랑 같이 살아, 엄마. 얼른 나와서 나 문 좀 열어줘.”

그러나 엄마는 바보처럼 계속 고개만 갸우뚱거릴 뿐이었다. 아정의 속이 까맣게 문드러져 갔다. 없는 힘을 쥐어짜 고함을 지르고 펄쩍펄쩍 뛰어봐도 변기에서 나온 엄마의 얼굴은 일언반구도 없었다.

엄마가 내게 앙갚음을 하려 드는 걸까. 희망을 무참히 짓밟아버리는 방식으로? 아정은 처음에 그렇게 생각했으나 시간이 지나고 목이 점차 쉬면서부터는 오히려 의문이 들었다. 엄마는 분노하면 목소리가 커지고 말이 많아진다. 지금 상황도 예외가 될 수 없다. 그런데 어떻게 저리 조용할 수 있나?

당연히 속내를 알 도리는 없었다. 내가 당신을 불러내기 위해 어떤 짓까지 했는데 이토록 무용할 수 있는가. 분노만이 하염없이 끓어올랐다. 얼마나 절박하게, 얼마나 역겨운 것들까지 다 끄집어내었는데!

뺨을 먼저 때렸고, 엄마를 때렸다는 자괴감은 나중에 찾아왔다. 그리고 아정의 손아귀에 90도 가까이 돌아간 엄마의 얼굴이 천천히 제자리로 오는 동안, 아정은 보았다.

귀가 없었다.

그제야 기억났다. 얼굴을 붙잡고 귀를 마구 문지르던 아정을 겁에 질려 바라보던 엄마의 눈동자가. 이상기와 함께 작업했던 그 저주받은 날, 이상기가 발버

둥 치는 엄마의 사지를 제압하느라 안간힘을 쓰는 동안 아정은 귀에 매달렸다. 이유는 하나였다. 성대는 몸 안에 있고 상대가 입을 꾹 다물면 작업할 수 없으나 귀는 언제나 열려 있으며 구멍을 닫을 수 없어 고막을 보호할 수도 없으니까.

뭐 해요! 이상기의 말에도 대꾸하지 않고 귀를 뚝뚝 떨어뜨리고, 가장 예리한 작업봉으로 남아 있는 구멍 안쪽을 쑤셨다. 고막이 녹을 것이다. 대화 가능성 차단. 그게 아정이 원하는 바였다. 말할 수 없게 만드는 것이 힘들다면 우선 들을 수 없게 하리라. 침묵 속에 갇히게 하리라. 나를 탓하고 해할 단서를 찾을 수 없는 세상에 던져 넣으리라. 자신의 목소리도 듣지 못하게 하리라. 그래서 점점 가진 단어가 줄어들도록 마침내 어느 순간 모든 단어를 잃어버리도록 그렇게 만들어버리리라…….

어린 시절, 아정이 가장 좋아한 순간은 엄마의 무릎을 베고 누워 귀를 이리저리 헤집는 귀이개의 감촉을 느끼던 때였다. 그 간지럽고 평화로운 느낌이란. 그때만큼은 엄마도 아픈 말을 하지 않았다. 귀지의 양과 크기에 집중하고 왕건이다, 왕건, 하고 아정의 손바닥에 귀지를 떨어뜨릴 따름이었다. 왕건이라고 말할 땐 이상하게도 딸을 대견해하는 듯한 어조였고 그래서 아정은 엄마가 귀를 파줄 때마다 오늘도 왕건이 있길 바라곤 했었다.

그러나 엄마가 아빠의 귀를 잘못 건드려 아빠가 심한 중이염을 앓은 이후 엄마는 누구의 귀도 파주지 않았다.

두 귓바퀴를 모두 깎아내고 두 귓구멍에서 점성 있는 물이 한참 흘러나오는 것까지 보고 나서야 아정은 이상기가 하는 것처럼 몸통 쪽으로 초점을 옮겼었다.

그래서인가? 그래서 애써 불러낸 엄마에게 귀가 없단 말인가? 내 말을 못 듣는단 말인가?

"바보처럼 굴지 마!"

고함이 터져 나왔다.

"안 들린다고 해서 머리까지 바보가 된 건 아니잖아. 입 모양 보면 무슨 말 하는지 다 알잖아! 갇혔다고, 열어달라고!"

아정은 우악스럽게 입을 벌려 한 글자씩 외쳤다.

"문, 열, 어! 열! 어!"

그러고는 손으로 문고리를 잡아 앞으로 밀었다. 그러나 엄마는 여전히 눈만 끔벅일 뿐이었다. 끔벅, 끔벅.

아정은 주저앉았다. 변기 시트 위에 고개를 묻고 흐느꼈다. 엄마의 얼굴이 변기 물 위를 이리저리 유영하는지 찰랑, 찰랑 소리가 났다. 눈물이 가득 차 흐려진 시야 사이로 엄마가 천진한 미소를 지으며 물 위를 오르락내리락하고 있었다. 물놀이하는 아기처럼. 신기해하며, 또 즐거워하며, 찰랑, 찰랑.

34

시간이 얼마나 지났는지 알 수 없었다. 누구도 응답해 주지 않았다. 사람이 이렇게까지 먹지 않고 생존할 수 있다는 걸 아정은 몰랐다. 다만 여전히 즐거운 표정으로 자맥질하고 있는 엄마의 얼굴을 바라보며 세탁기 속의 엄마는 과연 살아 있는 걸까, 조금 궁금하기는 했으나 그마저도 에너지를 쓰는 일이라 그만두었다.

노인은 가끔 와서 아정에게 말을 걸었다. 당신 아들한테는 말 한마디 못하면서 속이나 긁지 말라는 말을 이제 아정은 하고 싶지도 않았고, 할 힘도 없었다. 결국엔 모두 내 탓인 거야, 라고 중얼거리는 것밖에는. 그러면 울적한 편안함이 찾아왔다. 결국 내 자리로 돌아왔다는 생각이 들었기 때문이었다.

타일 바닥에 살아온 날의 장면들을 상영하듯 늘어놓으며 아정은 생각했다. 그래, 어느 소설을 읽고 어떤 영화를 보든 그 어떤 존재 가치도 검증받지 못하고 도구로서만 쓰이다 스러지는 인물들이 존재한다. 그런데 그게 이곳에서는 공교롭게도 나였구나. 끝까지 받아들이지 못했던 것은 오로지 나뿐이었구나. 어쩌면 실버스파클을 다니면서 마침내 찾은 행복이, 도구에게는 너무나 과분하고 부적합한 감정이었을지도 몰랐다.

인정하고 나자 오히려 엄마에 대한 증오심이 줄어들었다. 아정은 변기 물에 손을 집어넣어 휘저어주었다. 그럼 엄마가 아이처럼 까르르 웃으며 물을 튀겼다. 계곡에 놀러 온 것 같다고 아정은 생각했다. 어린 시절 가끔 놀러 간 계곡에서 엄마는 언제나 고기를 굽고 상만 차렸는데, 지금 보니 물놀이에 꽤나 재능이 있었다.

○

모든 물놀이와 상영마저도 힘에 부쳐 결국 누워서 가늘게 숨만 쉬던 때 밖에서 인기척이 나기 시작했다. 무언가를 질질 끌어내는 소리가 들리더니 덜그럭, 문고리를 돌리는 단 한 번의 시도와 함께 문은 어처구

니없을 만큼 쉽게 열렸다.

아정은 타일 바닥에 얼굴을 대고 누워서 문을 쳐다보았다. 방금 전까지만 해도 엄마가 누운 아정의 얼굴에 계속 신나게 물을 뿌려댔기에, 눈구멍에 물이 방울방울 맺혀 시야가 흐릿했다. 문을 연 이의 얼굴이 잘 보이지 않았다. 내가 드디어 죽었다는 생각도 했다. 마침내 저승에서 나를 심판하러 왔다고.

"과장님 웬일이야, 어떡해……!"

따뜻하다. 아정은 자신의 볼에 닿은 손바닥의 온기를 느꼈다. 그리고 갑자기 또 한 번의 따뜻하고 짜릿한 감각이 찾아들었다. 발이었다. 누군가 아정의 맨발을 뜨거운 손으로 힘껏 마사지하고 있었다.

앰뷸런스를 부르는 소리가 이어졌고, 맨발을 주무르던 손이 말했다.

"민지야. 얼른 과장님한테 말 좀 걸어드려. 정신 차리라고. 세상에 이게 무슨 일이니. 어쩌면 좋니…… 누가 이런 짓을……."

네 사장님, 하고 대답한 여자가 아정의 볼, 어깨, 두피, 그리고 귀를 마구 문질렀다. 그러더니 부드러운 손가락으로 아정의 눈꺼풀을 훑어주었다. 마침내 시야의 초점이 조금씩 잡히기 시작했다.

"과장님 저 알아보시겠어요?"

정민지가 소리쳤다.

"우리 과장님 어떡해. 사장님이랑 같이 왔어요. 조금만 참으세요. 구급차 불렀으니까 금방 올 거예요!"

내 발을 열심히도 주물러주던 이가 사장이었구나. 아정은 생각했고, 순간 급작스레 숨을 헐떡이기 시작했다. 과장님 괜찮아요? 과장님! 정민지의 외마디 비명에 맞춰 울컥울컥 공기를 뱉었다. 발을 주무르던 손이 멈추더니 곧 눈앞에 익숙한 얼굴이 들어찼다. 자비롭고 온유한 자의 얼굴.

"과장님, 나 과장님 없으면 안 돼! 조금만 참아, 응?"

사장은 말하며 아정의 얼굴을 쓰다듬었다. 그리고 아정은 뭍에 올라온 물고기처럼 가슴을 펄떡펄떡 튕겼다. 정민지와 사장의 우려와는 달리 가슴이 아프거나 숨이 막히는 건 아니었다. 그저 일종의 커다란 해일이 아정의 모든 판단을 잠식하듯 밀려들었을 뿐이었다. 예컨대. 이것이 바로 내가 찾던 그 가족애로구나, 하는 종류의.

35

"이 과장님 이렇게 그만두시니까 마음이 너무 안 좋은 거 있죠. 그래도 처음부터 동고동락했는데……."

정민지의 말에 모두가 고개를 끄덕였다. 참 착한 사람들이라고 아정은 생각했다. 병원 안에 위치한 프랜차이즈 카페엔 은근한 체념과 우울의 그림자가 깔려 있었으나, 아정의 테이블만은 달랐다. 그리고 아정은 그 사실을 감각할 때마다 괜히 코끝이 찡해지곤 했다. 자신이 남들보다 행복하단 생각을 해본 적이 살면서 얼마나 있었던가? 적어도 한 가지는 확실했다. 지금처럼 명확한 적은 없었다.

사이렌 소리가 몹시 방정맞은 사설 구급차에 실려 병원에 도착한 아정은 사흘째 입원 중이었다. 병원비는 모두 사장이 부담했다. 우리 과장님이 며칠을 결근했는데 제대로 안 살핀 내 죄니까 내가 갚아야지, 라고 사장은 말했다. 그게 가족인데. 우리 실버스파클

직원들 다 내 가족인데.

아정은 자신이 며칠(아주 긴 시간인 줄 알았는데 알고 보니 겨우 나흘이었다. 닷새째 되는 날 아정은 구조되었다) 결근하는 동안 이상기가 회사에 그 어떤 언질도 하지 않았단 사실을 병상에서 전해 들었다. 그 동안 이상기는 멀쩡히 회사에 출근했고, 아정의 소식을 알지 못한다고 시치미를 뗐다. 하지만 거짓말은 오래가지 못했다. 실버스파클의 사장이 얼마나 행동력 강한 사람인지를 이상기는 몰랐던 것이다.

사장은 정민지를 앞세워서 직접 401호의 도어록을 박살 냈다. 그리고 아정을 구해냈다.

"두어 번 정도만 더 작업했으면 됐을 텐데."

"근데 작업 밀린 게 뭐가 중요해요? 성 과장님 모른 척한 게 중요하지. 인간적으로 이웃이면 신경을 썼어야죠. 대체 무슨 생각이었는지 모르겠어요. 성 과장님이 그러셨잖아요, 화장실에서 엄청 소리 질렀다고. 이 과장님은 정말 성 과장님이 미웠나 봐요. 왜였을까요? 약간…… 열등감, 그런 거였을까요?"

이상기는 아정을 구하고 난 사장에게 크게 문책을 받았고(사람이 어떻게 신경 한번 안 쓸 수가 있어?),

급작스레 사직하겠단 의사를 보였고(제 신념에 반하는 일을 너무 많이 해야 했습니다), 고향으로 내려간다는 모양이었다. 이상기가 왜 그렇게 행동했을까. 아정은 병실이 고요해질 때마다 손톱을 물어뜯으며 이상기의 속내를 헤아리려 노력했다. 내가 미웠을까? 나는 그래도 서로 동료애를 나눴다고 생각했는데, 그리고 실버스파클을 소개해준 은인이라고 여겨 잘해줬는데. 그런데 이상기는 누님, 누님, 하고 들러붙던 속내에 그런 열등감을 감추고 있었던 것일까? 그 이유 때문이었다고 생각하면 이상한 종류의 쾌락이 천천히 솟아났다.

퇴원하던 날 아정은 머니빌 앞에 서 있는 이삿짐센터 차를 보았다. 엘리베이터는 5층을 여러 번 왕복했고, 거실에 들어와 앉은 아정의 머리 위에서 이사 소음이 계속 툭탁거렸다. 집은 깨끗했다. 사장이 직접 업체를 불러 깨끗하게 청소해주었다는 모양이었다.

아정은 화장실 불을 켰다. 화장실 역시 깨끗했다. 무엇보다, 훨씬 더 모던한 색 타일과 값비싼 자재들로 리모델링되어 있었다. 아정이 입원해 있는 동안 사장이 자신의 돈으로 직접 벌인 공사의 결과였다. 우리 과장님이 트라우마에 시달리면 안 되잖아. 사장은 말했고 직원들은 일제히 감읍했다. 잘 보이기 위해 억지로 하는 리액션이 절대로 아니었다. 100퍼센트 진짜였다.

화장실에서 한참을 서 있었지만 새하얀 변기에서는 아무것도 튀어나오지 않았다. 노인도, 엄마도.

아정은 다용도실 쪽으로 걸음을 옮겼다. 세탁기 안에 있는 엄마를 끄집어낼 차례였다. 두어 번만 더 작업하면 유리병에 들어갈 수 있었다. 물론 사장은 작업을 잠시 중단해도 좋다고 말했다. 몸이 축났으니 푹 쉬란 뜻이었다. 그러나 아정은 입원해 있는 내내 얼른 작업을 마무리하고 싶었다. 엄마를 집어넣은 병을 하루빨리 사장실에 전시해놓고 싶었다. 아정이 사회에서 얼마나 유능하고 싹싹한 인재인지, 엄마는 그곳에서 끝없이 목격할 수 있을 것이었다.

아정은 세탁기 위로 몸을 구부렸다. 팔을 뻗어 안에 있는 걸 끄집어냈다. 다시 거실로 나오는데 발에 김장비닐이 밟혔다. 이제 쓰레기를 변기에 버리는 몰염치한 짓은 하지 않을 것이다. 세상에, 그런 경우 없는 인간들이 있단 말인가. 잘 말려서 종량제봉투에 버릴 것이다. 부끄럽지 않은 모범시민으로서.

유리병을 꺼냈다. 입사하던 날 사장에게 받은 것이었다. 손에 든 것을 병에 대보았다. 아직은 조금 버거워 보였다. 그러나 아정은 천천히 목을 돌렸다. 병실에 있는 동안 잘 먹고 잘 쉬었기 때문에 힘쓰는 것엔 자신이 있었다. 손에 든 것을 천천히 바닥에 내려놓고, 그 위에 두 무릎과 두 손을 올려놓은 후 잔뜩 힘을 주었다. 그것은 조금 뻣뻣하게 굴었으나 끝내 두 번 접혔다. 접히고 나자 얼추 병에 들어갈 수 있는 크기가 되었다.

밀어 넣었다.

○

이 과장님 화요일에 내려가신대요. 정민지에게 그 말을 듣고 아정은 화요일 연차를 냈다. 고속터미널로 가서 이상기의 고향으로 향하는 버스가 있는 플랫폼 근처를 서성였다.

이상기가 도착한 것은 오후 4시경이었다. 꼬마김밥 한 팩을 해치우더니 대합실 의자에 눕듯 비스듬히 앉아 있었다. 아정은 멀리서 이상기를 바라보다가 미끄러지듯 천천히 가까이 다가갔다. 왜 여기까지 그를 따라왔을까? 어차피 더는 보지 않을 사람이 아닌가? 실패하고 낙향하는 이에게 나를 구하지 않은 것에 대해 굳이 따져 묻고 싶었나? 아정은 자신의 마음을 종잡을 수 없었다. 다만 무언가 몹시 궁금하단 사실은 어렴풋이 알고 있었다. 무엇이 궁금한지 스스로도 정확히 알 수 없는 게 문제이긴 했다.

아정은 이상기의 옆에 슬그머니 앉았다. 이상기는 줄 이어폰을 낀 채 핸드폰을 뚫어져라 쳐다보느라 제 옆에 누가 앉는지 알아차리지 못했다. 아정은 손을 들어서 이어폰을 툭 빼냈다.

"과장님."

아정이 부르는 소리에 이상기가 돌아보더니 헙, 하며 어깨를 움츠렸다.

"고향에 내려가신다면서요."

아정이 묻자 이상기가 고개를 주억거렸다.

"그래도 섭섭하다. 인사도 안 하고 가시면 어떡해요. 그래서 왔어요. 인사하려고. 작별 인사."

이상기는 아정의 눈을 마주 보지 못하고 자꾸만

바닥을 보았다. 이상하지. 아정은 화가 난다기보다는 조금 기뻐졌다. 이상기가 너무나 안되어 보여서, 비루해 보여서 기분이 좋았다. 너그러워졌다. 용서할 수 있을 것 같았다. 아니, 용서하고 싶었다.

"나는 진짜 과장님 덕에 새 삶 찾은 거나 마찬가지잖아요. 과장님이 취직시켜주지 않았으면 지금쯤 저 어떻게 되었을까요? 그런데 이렇게 가시니까 내가 마음이 그래요. 버스 시간이 얼마 안 남았죠?"

아정은 이상기의 어깨를 가만히 두드렸다.

"커피 한잔 마실 시간 돼요?"

사실 궁금한 게 한둘이 아니었다. 왜 굳이 고향에 가는 걸까, 일자리는 다 서울에 몰려 있는데, 제아무리 실버스파클에서의 입지가 좁아졌다고 해도 머니빌을 버리면서까지 내려갈 필요가 있나.

제가 그때 신고 안 하고 도망간 건 정말로 일부러 그런 게 아니라……. 이상기가 주워섬기는 소리에 아정은 손을 마구 흔들었다.

"그런 거 따지려고 여기까지 온 거 아니에요. 그냥 마지막으로 얼굴 보고 싶어서 왔어요."

버스 시간이 꽤 많이 남아서 둘은 카페를 여러 군데 전전했다. 그러나 터미널 카페는 모두 만원이었다. 어디에도 자리가 없었다. 둘은 결국 녹초가 된 아정이 비싼 데로 가자고 외칠 때까지 배회했다.

마침내 비싼 곳에 자리를 잡고 앉은 이상기는 아정에게 말했다.

"서울이고 뭐고 다 지긋지긋해졌어요. 아직 우리 엄마는 병에 들어갈 만큼은 안 되거든요. 이 가방 안에 있어요."

이상기는 이동장을 닮은 커다란 가방을 톡톡 두드렸다.

"그냥 엄마랑 같이 행복하게 살려고요."

"돈은요?"

"굶어 죽진 않겠죠. 그냥 닥치는 대로 일하려고요. 고향이 지금 엄청 개발되고 있거든요. 다행이죠."

"어머니가 제대로 사실 수 있을까요, 그 몸을 하고?"

아정의 질문에 이상기는 어차피, 하고 운을 띄웠다.

"어차피 노인네가 되면 결국엔 집에 갇히잖아요. 노환이든 치매든 뭐든 간에 결국엔 그리되잖아요. 제

자리에 가만히 누워서는. 그러니까 우리 엄마랑도 다를 게 없어요."

이상기는 주위를 돌아보았다. 대부분이 젊은 사람이었다. 그러나 간간이 노인 무리가 섞여 있었다. 목소리가 지나치게 크고 부스러기를 흘리는 사람들. 주문이 굼뜨고 자리를 오래 차지하는 사람들. 새로 카페에 들어오는 젊은이들은 그들에게서 최대한 멀리 떨어져 앉으려 노력했다.

"제가 나쁜 짓을 한 게 아니에요. 어차피 우리 엄마의 미래였으니까. 병에만 넣지 않으면 돼요. 아직도 멀쩡히 살아 계신 부모님을 먹을 것처럼 통조림 병에 가두면 그건 죄죠. 그렇지만 지금까지는 아무런 죄도 짓지 않은 거예요. 나는 우리 엄마랑 내려가서 행복하게 살 거예요."

아정은 이상기를 가만히 바라보았다. 당신이 그런 사람이던가? 속으로 질문했다. 이상기는 이런 식으로 갑자기 죄의식을 느끼거나 자기 이득을 쳐내는 사람이 아니었던 것 같은데.

음료가 나왔다. 한 모금에 끝낼 수 있는 양이었다. 두 사람은 이상기의 버스 시간이 다가올 때까지 하릴

없는 한담을 주고받았다. 대화는 자주 끊겼고 그때마다 이상기는 노인이 들어 있다던 가방을 쓰다듬었다. 아정은 제대로 인사조차 나누지 못한 노인이 보고 싶다고 잠깐 생각했다.

아정은 이상기가 버스를 탈 때까지 배웅했다. 그러고는 돌아서서 천천히 걸었다.

이상기 모친의 부고는 겨우 일주일 후에 도착했다. 자연사였다. 사장을 비롯한 실버스파클의 전 직원이 내려가 조문을 했다. 정민지는 화장실 앞에서 이상기가 보험사 직원과 실랑이하는 모습을 보았다고 했다. 목돈이 필요했구나. 아정은 확신했다. 어쨌거나 번듯한 장례식의 주인공이 되고 싶다던 노인의 염원은 이루어졌으니 나쁜 결말은 아니라고 생각했다.

에필로그

동생이 전화해서 아빠 때문에 미치겠다며 고래고래 소리를 지르는 동안 아정은 뜨거워진 핸드폰을 귀에서 한 뼘 정도 뗀 채 가만히 듣고 있었다.

"그러게 내가 평소에도 씹으라고 말 안 했니. 한 3년 무시하면 그다음부턴 지쳐서 연락 안 한다고."

"시댁 연락은 받으면서 아빠 연락만 안 받기도 그렇잖아. 언니가 좀 얘기해봐, 아빠 아무래도 치매 같아, 과대망상 하는 거!"

"내가 왜."

아정은 핸드폰을 고쳐 잡았다.

"엄마 실종 신고도 안 하고 3년을 버틴 인간을 내가 왜 봐줘야 돼?"

엄마 실종. 동생을 입 다물게 할 수 있는 마법의 단어였다. 동네 부끄러워 실종 신고를 하지 않겠다던 아버지를 뜯어말리지 못했다는 죄의식의 단어. 신고를 원치 않은 것은 동생 역시 마찬가지였다. 상대적으로 부유하고 무탈한 시댁에 대한 자격지심에 내내 시달려왔으니까. 결국 서류상으로 엄마는 아직도 고향집에 멀쩡히 거주하고 있었다.

"아, 맞다."

한참 침묵하던 동생이 코를 훌쩍거리며 말했다.

"승진 축하해."

"고마워."

"언니네 회사 잘나가더라. 광고도 엄청 하고. 근데 있잖아…… 공기업 전환된다는 소문 있던데 진짜야?"

아정은 빙긋 웃었다. 요새 받는 질문이었다. 10여 년간 연락 한번 하지 않던 이들이 근래 자주 아정을 찾는 이유이기도 했다.

"글쎄, 난 잘 모르겠네?"

"모르는 척하지 말고. 가족인데."

"정말로 몰라서 그래. 설레발 치고 싶지도 않고."

수화기 너머로 동생이 길게 한숨을 내쉬었다. 동생의 남편이 일하는 업계가 국제 정세 변화의 직격탄을 맞은 지 1년째였다. 목이 간당간당한 모양이었다.

"……언니."

“응?”

수화기 너머로 쌕쌕 숨소리가 들렸다. 아정은 손목시계를 보았다. 5분 뒤 회의였다. 회의라기보다는 자축하는 자리에 가까웠다. 이번 분기 영업실적이 다시금 최고치를 경신했으니까. 슬슬 준비해야지, 라고 생각하며 통화를 마무리할 문장을 골랐다. 동생의 답답한 심정을 모르는 바는 아니었으나 아무래도 우리가 그렇게 친하진 않지 않나? 하고 생각했다.

그때 동생의 목소리가 건너왔다.

“언니네 서비스 있잖아. 그거 가족 할인 뭐 그런 것도 있어? 언니 통하면…….”

아정은 웃음소리가 새어 나오지 않도록 애썼다.

작가의 딸

나는 지금 LH에서 공급하는 전세형 청년매입 임대주택에 거주하고 있으며 이 사업의 당첨 경쟁률은, 접수번호로 미루어보건대 아마도 몇천 대 일이었다. 서울 안에서는 도저히 불가능한 액수의 보증금만을 내고 살고 있는 것도, 그 전에 반지하를 알아보던 것도, 예비자였던 내게 순번이 돌아왔다는 당첨 전화를 아주 추운 겨울날에 받은 것도 모두 실제 있었던 일이다. 하여 이 소설의 초반부는 '아정'이라는 이름을 '재인'으로 바꾸어도 아무런 문제가 없을 정도로 자전적이다. 그러니까, 어디까지냐 하면 봉수 파괴가 일어나는 순간까지가 그러하다(아마 이 소설을 읽은 많은 분이 그 부분에서 '봉수 파괴'가 실재하는 현상인지 궁금해 인터넷 검색을 해보았을 거라 생각한다. 그렇다. 귀신 들린 화장실마냥 변기의 물이 저절로 내려가는 현상에 실제로 고통받는 이들이 있다!).

마치 평행우주처럼 아정과 재인의 삶이 갈라지는 부분이 거기부터다. 솔직하고 정확하게 고백하자면 아정과 달리 나는 LH하자센터(소설에서 말하는 그대로 관리실의 역할을 하는 곳이다)에 전화조차 하지 못했으니까. 2, 3주 동안 봉수 파괴로 이루 말할 수 없는 스트레스를 받았고 업체나 공사 없이 해결할 방법을 하루 몇 시간씩 검색하다 뜨거워진 핸드폰을 집어 던지며(물론 소중한 핸드폰이 고장 나서는 안 되므로 매트리스에 던졌다) 울기도 했고 내 변기의 문제가 아닌데도 온갖 종류의 뚫어뻥을 사서 들이밀었다.

그럼에도 나는 전화하지 않았다. 이런 말을 하면 사람들은 다들 입을 쩍 벌리고서 "왜?"를 묻는다. 그러게, 나는 왜 못 했을까. 소설에 묘사된 것과 달리 LH의 직원들은 아주 친절하고, 나는 사소한 문제에 대해서는 오히려 하자센터에 쉽게 연락한 바가 있었다. 그런데 왜 봉수 파괴에 대해서는 할 수가 없었을까.

그 이유를 찾는 것에서 아마도 소설은 시작된 듯하다(혹은 소설을 쓰는 과정에서 자가진단이 가능해졌을 수도 있다. 이렇게 말하는 게 조금 더 멋있어 보이지 않을까?). 어쩌면 나는 내게 떨어진 벼락같은 행운을 절대 놓치지 않기 위해 애쓰는 과정에서 그 운의 현실화를 내 '능력'으로 내면화하려 했는지도 모른다. 그러니까, 나는 그 운이 내 능력인 것처럼 박수를 쳐주는 사람들에게 홀렸는지도(마치 어안이 벙벙해서는 어떻게든 성공을 논리적으로 설명하고 싶어 하는 투기꾼처럼). 아니면 반대로 사람들이, 그럼 그렇지, 정상적인 집일 리가 없었다니까, 라며 내게 은혜를 베푼 은인과 국가를 깎아내릴까 너무나 두려웠던 일종의 계급적 복종의식이었는지도 모른다. 아니면 아정이 그랬던 것처럼 '아무것도 해줄 수 없다'라는 판정을 받는 상상에 지레 겁을 먹었던 걸까.

결론적으로 어느 순간 봉수 파괴 현상은 '자연 치유'되었다. 물론 '자연 치유'일 리가 없다. 다른 집에서도 그런 현상이 일어났고, 그 집의 세입자는 나와 달리 하자센터에 금방 전화를 걸었을 수도 있다(이웃과 교류가 전혀 없는 현대인이라 알 방도는 없다). 아니면 당시 옥상에서 진행되던 누수공사가 원인이었으며 공사의 종료로 해결되었을 가능성도 있다. 뭐 어쨌든 나는 아정과 달리 미치지 않고 그 시기를 통과했는데 '미치지 않고'라는 워딩이 부당하다고 아정이 주장한다면 반박할 수 있는 근거는…… 딱히 없다. 아무것도 하지 않은 인간이었으니까.

초고에서 갑자기 급발진한 후반부를 보고 매섭게 카운터를 쳐주신 김성은 님께 감사하다. 덕분에 말도 안 되는 욕심을 버리고 후반부를 다시 쓸 수 있었다. 또한 사실 나는 데뷔작인 소설집《내가 만든 여자들》의 몇몇 단편을 제외하고는 담당 편집자 외의 그 누구에게도 피드백을 받은 적이 없었는데 이 소설의 초고를 고칠 때 처음으로 좋은 기회가 생겨 동료 작가님들의 많은 도움을 받았다. 동인 '잔치국수'의 작가님들께 감사드린다. 또한 '변기에서 그 사용자의 일부로 구성된 크리처가 등장한다'라는 모티브는 정보라 작가님의 단편 〈머리〉의 오마주임을 밝힌다. 〈머리〉에서 크리처는 주인공을 어머니라 부르는데 반대로 아정은 자신을 낳은 엄마를 크리처로 만들었다.

이렇게 기괴하고 이상한 이야기를 다시 만들어낼 수 있을까. 영 자신은 없으나 "설재인이 이런 거 쓰는 사람이었어?"라는 말이 나오는 작품을 자주 쓸 수 있었으면 좋겠다는 소망을, 혹은 각오를 작은 똥처럼 배설해본다.

실은 원체 이런 이야기를 좋아하는 음침한 인간이다.

그 변기의 역학

ⓒ 설재인 2024

초판 1쇄 인쇄 2024년 6월 20일
초판 1쇄 발행 2024년 6월 30일

지은이 설재인
펴낸이 이상훈
문학팀 김다인 최해경 박선우
마케팅 김한성 조재성 박신영 김효진 김애린 오민정

펴낸곳 (주)한겨레엔 www.hanibook.co.kr
등록 2006년 1월 4일 제313-2006-00003호
주소 서울시 마포구 창전로 70 (신수동) 화수목빌딩 5층
전화 02-6383-1602~3 **팩스** 02-6383-1610
대표메일 munhak@hanien.co.kr

ISBN 979-11-7213-066-4 (04810)
ISBN 979-11-7213-062-6 (세트)

- 값은 뒤표지에 있습니다.
- 파본은 구입하신 서점에서 바꾸어 드립니다.
- 이 책은 (주)한겨레엔과 리디(주)가 공동 기획한 것으로 내용 일부 또는 전부를 재사용하려면 반드시 저작권자, (주)한겨레엔, 리디(주)의 동의를 얻어야 합니다.